U0471014

我有两个梦，

一个是禾下乘凉梦，

一个是杂交水稻覆盖全球梦。

——袁隆平

张品成·著

南繁种子梦

一粒种子可以
改变一个世界
北纬18°上的"追光"者
为"中国饭碗"筑牢底座

NANFAN
ZHONGZI MENG

济南出版社

目录

序　幕　　　　　　　　　　　　　　　　/ 001

第一章 | 从将军做回了农民　　　　　　/ 006

第二章 | 种子才是突破口　　　　　　　/ 018

第三章 | 被泼了冷水　　　　　　　　　/ 023

第四章 | 选定了水稻　　　　　　　　　/ 031

第五章 | "传种接代"的愿望落空　　　/ 035

第六章 | 三系配套法　　　　　　　　　/ 046

第七章 | 有人把一田的禾苗拔了　　　　/ 052

第八章 | 出征：去南繁　　　　　　　　/ 063

第九章 | 和台风抢禾苗　　　　　　　　/ 080

第十章 | 想要更高产的种子　　　　　　/ 099

NANFAN
ZHONGZI MENG

第十一章 | 杂交水稻，我们成功了　　/ 110

第十二章 | 一家人去了南繁　　/ 122

第十三章 | 带乡亲们去南繁　　/ 140

第十四章 | 想要更好吃的大米　　/ 150

第十五章 | 儿子决定留在南繁　　/ 164

第十六章 | 想做"种业硅谷"　　/ 174

第十七章 | 庄雨诗从美国来到南繁　　/ 182

第十八章 | 南繁新生代　　/ 192

第十九章 | 把自己当成一粒种子　　/ 196

第二十章 | 再看一眼南繁　　/ 209

有一个地方叫 南繁 NAN FAN

序幕

二〇二二年春　傅庄玉

"杂种"这两个字，乍一听就是骂人的话。不信你在街头冲路人喊一声"杂种"试试？

也许你会被人说成"神经病"，也许你会挨一顿臭骂，也许你会被啐一脸的口水……

也是，谁听了这两字都难以接受，因为它不仅是骂人的话，而且是骂人的话里最难听的。

谁愿意被说成是"杂种"？

可我们傅家几代人不仅一直关注"杂种"，还研究"杂种"。

是的，你没听错，我曾祖父、祖父，还有我爸、我妈、我叔，甚至七大姑八大姨，整个乡，整个县，都在弄"杂种"这么个事。

我家是"杂种"世家。

那这个"杂种"到底是什么呢？

杂交种子。

爷爷说："一粒种子，一脉相承，一粒种子，振兴地方经济。一粒种子关乎中国人的饭碗，一粒种子救活多少饥饿中濒临死亡的人……"

爷爷还说："一粒种子，关乎国家的大事。那是筑牢中国饭碗底座的大事。一粒种子，关乎世界落后地区民众的肚子。"

"杂种"的成功和大面积推广，让爷爷一直很高兴，也很骄傲。他说："你曾祖父要是在世，他不知有多高兴！"

我曾祖父在我出生前就过世了，他成了墙上的一张挂像。我爷爷说他好多回都梦见他爸爸从挂像里走下来，和他一起成了雁，往南边飞，雁南飞……

我每天出入家中，都要从那张挂像下面经过。曾祖父的那双眼睛很大，脸上的肌肉线条分明，我是想说，我的曾祖父是个美男、大帅哥。我爷爷没他帅，我爸也没他帅，我嘛，更是没他帅。

我叫傅庄玉，我爸姓傅，我妈姓庄，我爸和我妈就给我取了这么个名字。

我爸说玉是好东西，中国人对玉有特殊的情感。我说不上喜欢不喜欢，在我心中名字就是一个符号。我没觉得玉有什么特殊，说白了，玉就是一块石头，只不过被人赋予了特殊意义。人们把玉打磨了做成玉配玉坠戴在身上，就觉得自己也显得高贵了。

我爸我妈从不戴那种东西，我爷爷也不戴，不是他们买不起，而是他们觉得不值得，何况他们戴了那玩意儿还怎么工作？尤其我爷爷。

我小的时候，我爸我妈基本上不在家，我们傅家一直是这么个样子，我爸说我爷爷就是这么样的，一直雁南飞。那时我爸傅继良还没出生，我曾祖父就鼓动了我爷爷雁南飞，爷爷是只领头雁。后来，曾祖父去世了，我爷爷还一直飞着，他往南飞，不仅自己飞，还在老家带动了很多人跟着他一起当候鸟，往南飞。每年的九月到次年的五月，他们都在祖国最南边的那个地方待着。

现在依然还是这样，在我的老家，这座湘东赣西叫昭萍的小城里，更多更多的人在往南边去。

去那个叫南繁的地方。

我从小就听爷爷、爸爸、妈妈，还有家里别的亲戚和邻居经常提到这两个字：南繁。

四岁那年的一天，我把我妈拉到家里墙上挂着的那幅中国地图前问："妈妈，那个叫南繁的地方在哪儿呀？"我妈刚从那地方回来，她和我爸在那当老师，只有暑假寒假，他们会回到昭萍。

妈妈指了那只大"公鸡"的"肚子"下方说："就在这一带。"

我真的搬了张凳子，拿了那个据说是爸爸的爷爷的爸爸留下的放大镜，在那个叫海南省的地图上找遍了所有的角落，也没找着"南繁"这两个字。

我跟我妈说："没有！根本就没有！"

"什么没有？！"

"南繁呀，地图上找不到南繁。"

我妈笑了，说："地图上是没有，那个地方地图上没标，但确实存在。"

"有地图上没标的地方？"

我妈说："当然有，世界上有很多这样的地方，虽然地图上没有标，但全世界人民都知道。"

我对那两个字和那个地方还是很好奇，又问我妈："为什么叫南繁呢？"

我妈随口说道："因为是中国南边最繁华的地方，所以叫南繁嘛！"

我那时虽然还小，但也知道中国南边最繁华的地方不是那儿，至少应该是深圳抑或香港。

后来我知道，我妈没骗我，她所说的"中国南边最繁华的地方"其实是另有寓意，是种子的繁华。

如今，有人在"南繁"之后，加上"硅谷"两字，称它为"南繁硅谷"，爷爷告诉我，种业是农业的"芯片"，是粮食安全的命脉。从二十世纪五十年代开始，中国有累计超过两万个主要农作物新品种通过南繁繁育，占到全国育成新品种的七成以上。后来，虽然我爸就读的大学和所学的专业都跟南繁无关，但在了解了我们傅家和南繁的历史后，他也决定成为一只雁。我嘛，我从小就是一只雁……

爷爷说，大雁南飞。

爷爷说，繁花似锦！

第一章

从将军做回了农民

一九二二年　九月七日　傅世合

我妈站在阴影里,我看不清她的脸,那是早该吃晚饭的时候,炉子里烧着火,锅也在冒着热气,我刚从街上回来。那些天,街上很热闹,像过年一样。因为只有过年才有那么多的人,只有过年那些铺子馆子什么的才会全关了门。但过年人们都穿新衣戴新帽,可现在是九月,天气很热,地面像有人给塞满了煤,还点上了火。

我揭开那锅,锅里冒着热气,全是水……

我妈塞给我节红薯,我还没嚼出味儿,哧溜一下就进了肚。

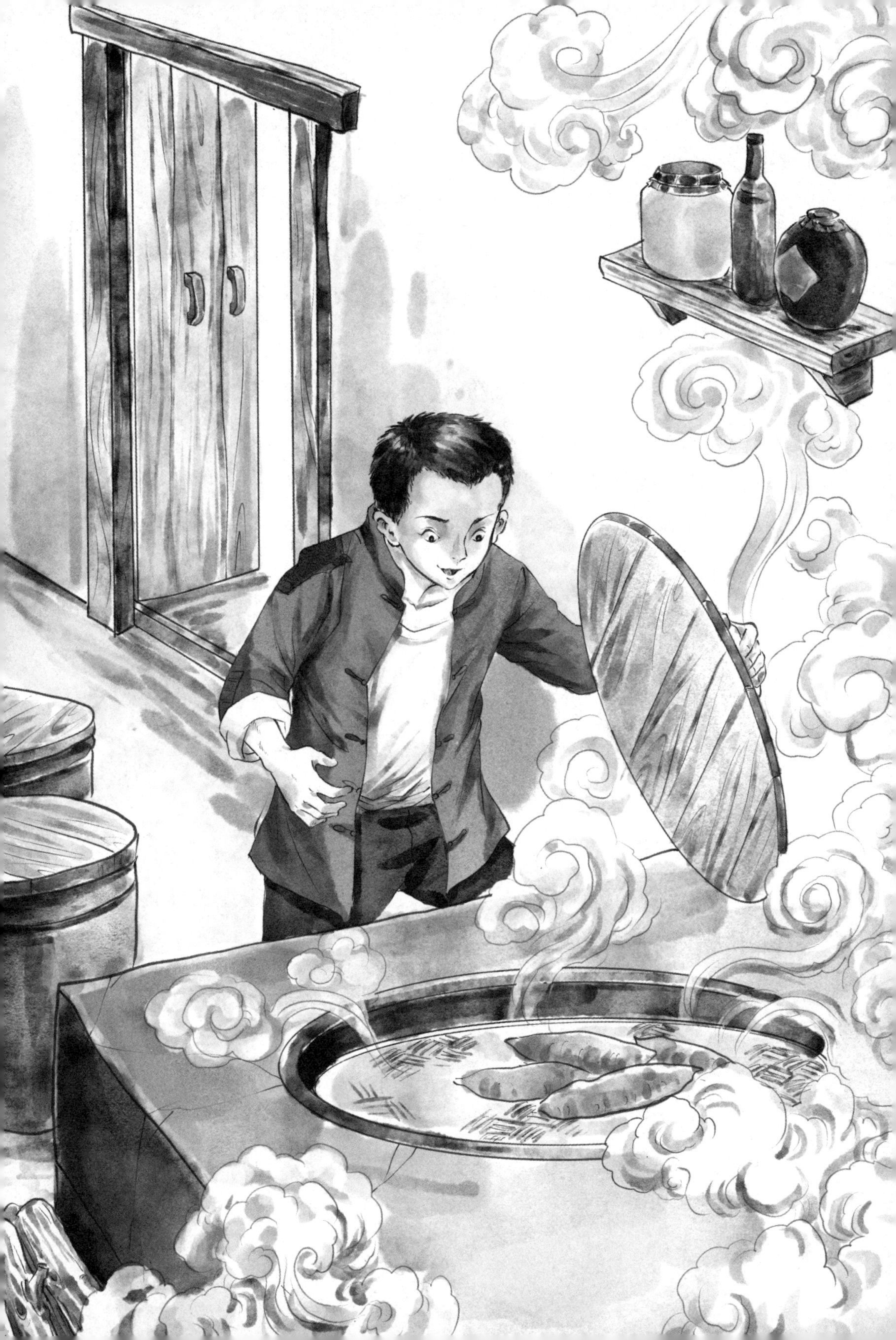

这一天的街道也不像前几天了，一下子没了人影，就剩我们一帮孩子，那些男男女女不知道突然去了哪里，街道就像被人掏空了的肠子，街道也像一个饥饿的人，安静地躺在天地间，饥肠辘辘，空空如也。

俱乐部办了工人夜校，姓刘和姓李的两位先生给人们上课，教字，天、地、人、山、水、田……

我记得那天李先生讲到了"田"，他说："你们去田里看看，从高处看那些田，是不是格子样？"

我们说："是嘞！是的嘞！"

李先生说："种田的是农民，探矿的是工人，都是穷苦大众……农民在田里种稻谷，那叫粮食，粮食就是饭，不吃饭人饿了就受不了，你们都挨过饿吧？"

我们说："经常饿哟，饿起来肚子咕咕叫……"

"饿得像青石板路上过车，辘辘地响……"

从此，我就记住了"饥肠辘辘"这个词。我现在就是那么个样子，那节番薯哧溜进了我肚子，很快就没了踪迹，肚子依然咕咕响着，饥肠辘辘。

我知道我爸去了哪儿，他们纠察队的人都去周边寻找粮食了。

那晚，我听到我爸他们几个人在屋里说话，那时已经很晚了，我爸以为我睡了，但我因为肚子空空如也，根本睡不着。我就听到几个男人的说话声。

"铁路工人罢工了,粮食运不进来,何况周边也没多少粮食。"钱叔说。

我爸说:"其实,罢工前李先生他们是有过准备的,李先生已经料到罢工时间一长,吃饭是个问题,先前已经储备了粮食的,但没想到会有人一把火把米仓烧了……"

"有人破坏罢工。"

"我们得想办法弄粮食。"我爸说。

但最终我爸也没弄到什么粮食。好在危急时刻,路矿当局挺不住了,答应了工人提出的条件。

还好经过李先生和工友们的积极斗争,罢工在四天内就取得了胜利,不然,若拖个十天八天,问题很严重。

无论如何,我对饥饿有过深刻的体会。

一九五八年　九月十六日　傅健宽

我爸傅世合一定要我去报考农学院,他做了我好几回工作,好像他已经下定了这决心,就算十头牛都拉不回。

其实他不知道,很多年前我就立志要去学农。我们傅家和这个地方的人一样,一直忍受着粮食短缺的困境。这地方出煤,也算是国家建设的重点,现在更成了工业重镇,但这地方地少人多,自古以来一直缺粮。自从清朝张之洞搞洋务运动,在这里开了煤矿后,更是不断有人来这地方谋生,这里有当时南方

最大的煤矿，这些人被称为"产业工人"。

产业工人队伍不断扩大的同时，也增加了无数张嘴。粮食，或者说稻米吧，在这地方就更显得捉襟见肘。这些年来，这一带的农民都头疼这个事儿，都想办法增收。精耕细作，成了他们的共识。

自古这一带便流传着"昭萍三宝"之说。第一宝，单秆捆猪猪不跑；第二宝，单砖砌墙墙不倒；第三宝，烟火蹿天神叫好。秆就是稻草，第一宝说的是精耕细作，水稻种得好，单根稻草捆猪猪都跑不了；这一带出煤，煤矸石混了黄泥烧砖，烧出来的砖敲起来咣咣响，第二宝说的就是砖好；第三宝烟火蹿天，说的其实是浏阳，但这地方与浏阳相邻，自古以来做烟花炮仗什么的都互有往来，并没有明确的划界。

我高中即将毕业，正赶上"大跃进"的年代，炼钢需要大量的煤，这地方又出煤，你想这多么诱人呀，正是大显身手的好去处，于是同学们都争相报那些涉矿涉工的专业。至于农业，他们觉得不时髦。

可是我爸的想法和他们的想法不一样。当然，这可能和他的经历有关。

说到这，我想我得说说我爸傅世合的故事。

我爸傅世合是老革命，他的经历很曲折。

我爷爷当年参加了安源大罢工，后来被矿上的人下黑手，遭了暗算，九年后，我爸加入了红军，那年他十五岁。那时候，族里早就已经给我爸找了个童养媳，我奶奶说得成亲后再走，族人就给他们办了婚事。

傅世合其实不是我亲爸，我是过继给傅世合的，傅世合当年跟红军走了，杳无音讯。在我出生的前两年，报上不断有坏消息传来，说我爸所在的那支队伍兵败赣南，被国民党大军围剿，全军覆没。也有被打散后辗转回乡的红军，说确实看见傅世合他们那支队伍被人围了，都成了刀下鬼，说得有鼻子有眼的。我奶奶和我妈就信了，哭了好几天。后来，我生母生下我，我生父傅世坚是傅世合的堂弟。我奶奶跟我养母说，不然你就改嫁吧，我养母不肯。族人跟我奶奶说，把傅世坚的小儿子过继给你们家吧。我奶奶点了点头，我养母把我抱回了家，从此我就管这个女人叫妈。

我养母在我四岁时过世了，她得的病叫痨病，其实就是肺结核。在过去，这种病是不治之症，我们这一带得这种病的人特别多。我一直怀疑是粮食问题使然，我说过，这一带田少人多，向来粮食紧缺。我打小就顽固地认定，这种病是吃不饱饭所致。后来才知道，是因为这一带是矿区，空气质量太差了。

后来，我生母也过世了，我奶奶一人带着我。

其实，我爸傅世合没死，他活得好好的，我爸的那支队伍也没被消灭。那年的五月，春暖花开的季节，我奶奶正在屋外晒被子，有个男人进了院子，进来的那个人干部模样，穿着一身黄里泛白的旧军衣。我奶奶愣了一下，眨巴着眼睛。那男人喊了一声："妈！"我奶奶还愣在那儿看了对方很久。我爸说："我是合合，我是你儿子合合。"我爸傅世合的小名叫合合。

我奶奶身子晃了一下，险些没站住，然后就迸出一声喊。

"哎呀哎呀！"我奶奶就那么喊着。

我那天正好在家，不知道奶奶出了什么事，她从没这么喊过。

我飞快地跑出门，看见那个男人。我奶奶说："快来快来！合合回来了。"

我问："合合是谁？"

我奶奶说："合合是你爸呀！"

先愣住并且惊呆的是那个男人，他从不知道他有个儿子，因为他离开这地方两年后我才出生。可我却知道我有个爸，虽然十几年前他已经"死"了。不过我不知道我爸傅世合的小名。

我奶奶说："健宽你过来！"我奶奶拉着我的手，把我拉到那男人身边。

"叫爸爸！"奶奶说。

我没叫，我叫不出口，我好像从来没叫过爸爸。两岁前是不是自然地从嘴里跳出过那个"爸"字，我不知道，但两岁有记忆后我没叫过。

我爸傅世合很久没回过神来。

奶奶说："进屋进屋，屋里说。"

说着，奶奶就把我和我爸都拉进了屋子，然后，奶奶就把我两岁那年的事告诉了她的儿子，那个男人先是一脸诧异，后来就眉开眼笑的了，也把他自己那年发生的事告诉了我们，那年我还没出生。

他说，那年，红军第五次反"围剿"失败，开始长征。

他说，长征很艰苦，也险象环生，走了一年，打了无数次仗，翻过雪山，走过草地，他所在的中央红军，出发时八万多人马，到达延安时只剩不到八千人。

他说，长征之路处处险象环生，常常命悬一线，可谓九死一生，但他活下来了，那时候没别的什么可想，死了算，活着干。

他说，没想到自己活得好好的，没死，还捡到个儿子。其实我们那时不知道，他前年在东北刚成家，也生有一个儿子，后来出了场车祸，妻儿一起遇难了。他当时没跟我们说，是好多年后我们才知道的。

知道我爸是老红军，是长征干部，矿区一下子沸腾了。其实我们那个叫安源的矿区，当年参加红军的人不少，红军的第一支工兵队伍，就是由我们矿区当红军的前辈组建的。但我爸他没做工兵，他在红军供给部做后勤。

不知道是不是"天作之合"，命运安排了他一辈子和饭碗打交道。后来红军到了延安，他和三五九旅的战友一起，开荒垦地种粮食。再后来，他一直在队伍里做后勤工作，每天操心的就是大家的饭碗。

我爸在家里住了半个月，假期结束，他得赶回部队。

当时，我爸和他所在的部队没去朝鲜战场，他们去的是新疆，依然还是关注饭碗，做的是和饭碗相关的事业。当然，那时我爸和他的战友们，不光想的是军队的饭碗，还开始操心全国人民的饭碗。

后来，我读高一的那年，我爸被授予了少将军衔，他是将军了。我奶奶一直很想我爸，她常常唠叨要让我爸回来。可邻居们都说，他是大干部了，是老革命，开国元勋，怎么可能回到我们这小地方来？有人对我奶奶说，你带了孙子去找他，组织上也会给你们安排好，去大城市享福哟。

我奶奶不愿意，她说她这么大年纪了，黄土都埋到脖子了，叶落都归根，她还去那远地方？不去，再享福也不去。

我没想到有一天我爸回来了，这次回来，还带来了一个女人，那女人手里牵了一个女孩。我爸上次回老家，奶奶就跟他聊起续弦的事。我爸说，组织上也给他做工作，给他介绍，既然奶奶这么说，他回去就办了。他还寄回来一张照片，奶奶很满意。这回我爸把我后妈带了回来，我奶奶更是笑得合不拢嘴。

"你叫妈，叫！"奶奶跟我说。

我有些羞怯，也有些窘迫，我连爸都叫不出口，现在又让我对另一个陌生人叫妈。我都快二十岁的人了，我只翻动了下嘴唇，但没发出声音。女人却很响地应了一声，大大方方地摸了摸我的头，说："你就是健宽呀？长这么高了！"她把那个女孩拉到我跟前："叫哥哥！"女孩没什么拘束，很响亮地叫了一声"哥哥",我却依然只是小声地应了一声。

我们一起欢欢乐乐过了个春节。我爸那些天很忙,不断有人上门来看望他,给他拜年,其中还有省城来的人,是有关部门的慰问团。赶上饭点了,就一起吃个饭,虽都是粗茶淡饭,我爸却很高兴和大家在一起。他没什么架子,虽说是位将军,开国元勋,但他看上去就是位普通农民。

有一天,他的一位老部下从省城来看他,说:"老傅呀,你也穿身像样的衣服嘛,你干吗不穿那身将军服,多风光?你穿这么身衣服,谁都觉得你是村子里一个种田的。"

我爸瞪大了眼睛看了那男人老半天。

那男人说:"老傅,我说错了?"

我爸终于很响地说:"是错了!"

这回换成那男人瞪大了眼睛看我爸了。

我爸说:"当然错了,大错特错。我们革命是为了风光?我们出生入死几十年为了什么?就为自己风光?"

那男人不吭声了。

"是为了让大家都能过上好日子,至少能吃饱饭,能有衣穿。"我爸说。

出了正月,我的寒假就结束了,学校马上开学。那天我爸找到奶奶,看着我说:"健宽,你也过来!"

我爸把一家人都叫到奶奶屋子里,奶奶感觉到了一点儿什么,她眨巴着眼看着她儿子,我爸却一直没说话。奶奶似乎等

015

不及了,说:"别想,别想我跟你去远地方!"

我爸恭敬和气地微笑着。

奶奶说:"我都黄土埋到脖子的人了,我不要死在远地方!"

"你看你,妈!"我爸说,"刚出正月,你就说那难听的话,你好好的,身体好好的,一切都好好的。没说让你去远地方,我们也不去那远地方了,我们就守在你身边陪着你。"

奶奶愣住了,她看看吴阿姨,又看看我。吴阿姨就是我后妈。吴阿姨朝我奶奶点了点头。我没任何表情,我自己也云里雾里的。

我爸说:"我和庆莲商量过了,我也给组织上递了报告,组织上也批准了。这次回来,我们就不走了!"

谁也没想到,我爸傅世合这次回来是真的回来,他不准备走了。他跟领导打了报告,说是要回去种地。谁都不相信他会这么做,可我爸却真的说到做到。他做出了一个惊人之举,率家人回家乡种田,就是人们常说的"解甲归田"。

我爸带回了很多种子,甚至还带回了一只约克夏小种猪。当时见我爸他们回家竟然带回只小猪,我还以为那是谁养的一只宠物,后来他留下来不走,翻出行李箱里的种子,我才知道他带回来的都是"种子"。

我爸打那时起,真的就做了"农民"——有着将军身份的农民。他在家里挂了几个字:民以食为天。

一同挂在墙上的,还有四张地图:一张世界地图,一张中国地图,还有两张地图是本省本市的。

地少人多，他便带着乡里人开荒种地。

当然，后来那些种子并没有让他满意，外地的良种在赣西这片土地上并不适应。

我爸那时就知道知识的重要，农业需要科学技术，中国农民几千年的固有经验有些已经不适用了。不是有地有种子有人，就能把饭碗端牢。

我爸自己弄来很多农业的书读，但他就那点儿墨水，还是后来到部队才学来的，当然读不了多深。我高中这几年，我爸就一直唠叨，让我高中后报考农学院。

但我一直没有明确答复，我说还早还早，不置可否。

当我接到录取通知书，把通知书拿给我爸看时，他什么也没说。后来吴阿姨告诉我，我爸当时眼睛红了。

吴阿姨说："你爸跟我成亲时都没这么高兴，他参加授衔仪式回来也没这样过，你爸那天一晚上没睡觉。"

去学校报到那天，是我爸送我上火车的，我说送上汽车就可以了，他不肯，非要把我送到火车站。

第二章

种子才是突破口

一九六一年　八月七日　傅世合

今年国际国内都发生了很多重大的事情。

四月十二日,莫斯科时间上午九时零七分,加加林乘坐"东方一号"宇宙飞船从拜克努尔发射场起航,在最大高度为三百零一公里的轨道上绕地球一周,历时一小时四十八分钟,于上午十时五十五分安全返回,降落在萨拉托夫州斯梅洛夫卡村地区,完成了世界上首次载人航天飞行,实现了人类进入太空的愿望。他驾驶的"东方一号"飞船成为世界上第一个载人进入外层空间的航天器。

六月十七日，中国女子登山运动员西绕（藏族）和潘多（藏族）登上新疆境内海拔七千五百九十五米的公格尔九别峰顶峰，打破了女子登山高度的世界纪录。

这一年，人们的生活还很艰苦，碗中没有几粒米的红薯稀饭看得我直揪心。

回来的这些年，我确实是努力过了，但仍觉得好多事力不从心。国家给了我很多荣誉，弄出很大的动静。报纸广播到处宣传，说在新中国所有的开国将军中，坚决要求回乡当农民的不多，我是新中国第一人。可我回来做农民也是想像先前在战争中一样，攻坚克难，让粮食高产，让人民的饭碗满满，并且牢牢端稳。

可一切并不像过去打仗一样，搞建设更复杂、更困难。

就指望儿子健宽了，他很争气。

大学四年里，健宽非常刻苦努力，他甚至暑假都没回家，天天泡在图书馆里。他说来回的路上浪费时间，回来与同学和朋友应酬也浪费时间。他说需要学习的知识和学问太多了，像横在面前的崇山峻岭。他要翻越这些山，他要像我一样，冲在最前头，给傅家争气，给我争气。

我给他去信：这不只是家族的事，也不是你爸爸个人的事，这是国家的事，是民族的事，要说争气，是给国家争气，给中华民族争气。

到底是我的儿子，虽然不是亲生的，但却像他的父辈。

他毕业后，按照我和他的计划，他没有选择留在省城，也没选择去别的地方，而是选择回家乡，回到我身边。

我给他去信：健宽，爸爸当年怎么送你去的，回来还怎么接你回来。

我去了火车站，绿皮车常常不能准点，偏偏那天那趟车准点到达。儿子下车后一脸的激动。我说："没想到火车准点，好征兆呀。"

健宽有点儿不知所措，他看着我不知道说什么，而后慢慢转向了庆莲。在汽车上，他一直和庆莲说话。我听到庆莲说："你奶奶也想来接你，可你爸和我觉得她年纪大了，没让她来，对她说我们代表她了，有我们来就行了。"

我听到健宽回答："就是你们来，我也压力很大哟。"

我一直没理解健宽这话，直到几年后，我才明白他这话的意思。

一九六二年　九月十日　傅健宽

我回到昭萍，进入了农科所。我那时一腔热血，很快就投入农业技术工作中。之所以叫"工作"，而不是研究，是因为研究成果八字还没一撇，心里没底。虽然在学校看见过老师们在试验田里操作的那些流程，但真轮到自己独立操作时还是忐忑不安。

我爸解甲归田后，满腔热情地投入家乡的建设中。他动员乡人有力出力，又拿出自己的工资，带领大家修起水库，开掘渠道，解决了农田的灌溉问题，还利用小水电发电，解决了乡村的用电问题。他还筑路修桥，当然更多的是开垦荒地。

我爸这几年虽然一心扑在他的理想和事业上，却总是觉得成效并不显著。我还上大学时，他整天操心那些事，整天早出晚归，精疲力尽，几年下来，虽然给村子和镇子带来了些改观，也基本解决了村上镇上乡亲吃饭的问题，但每次他在信里总要给我叨叨，要我胸怀大志、志存高远。

"这不只是家族的事，也不是你爸爸个人的事，这是国家的事，是民族的事，要说争气，是给国家争气，给中华民族争气。"他好几回在信里跟我说这句话。

显然，我爸他的目标不在一村一镇，甚至不是一县一市一省。他心高志远，目标在整个国家，他老说要筑造人民的饭碗，国家的饭碗。

我爸的这些努力使他在村里和镇上口碑爆棚，报纸和电台常常有记者找我爸，报道他的"事迹"，吴阿姨说我爸都躲了，吴阿姨说她不明白我爸怎么总是躲着那些记者。我理解我爸，我爸志向不在那些上，我知道我爸不满足，他还有更多的希望。

他把希望寄托在我的身上。

他急切地等着我完成学业，学成归来。

现在终于把我等回来了，我爸为我的事东奔西跑，他说别

的帮不上我，但基本条件要帮我创造好。我爸出面，事情轻而易举。

我说："爸，一切在于改良品种，种子才是突破口。"

我爸说："筑路修桥垦荒辟地，还有挖渠修水库，只能受益一镇一村，最多一县，不能惠及千家万户。但种子就不一样了，如果能培育出好的种子，可以让更多的农田得以增产，让更多的人受益。"

我爸有这种认知真的难得，他是在实践中得出的结论，这也是他的理想和愿望。但这一切，更让我感觉责任重大。

我选了一块各方面条件都比较好的水稻田，想作为良种培育基地，水肥土壤经纬度海拔均考虑周全。培育良种，不是种一般的水稻，对土地的要求更高。

当然，不仅有水田，还有旱地。

还得考虑水利交通及其他方面。

我爸说："健宽，有什么要求和条件尽管提。"

我给我爸列了一张单子，我爸很快就为我张罗来了所需的东西。

毕竟他是老红军、老革命，大家很热心，齐心协力，各尽所能，很快就让我觉得，万事俱备，只欠东风。

第三章

被泼了冷水

一九六三年　九月二十九日　傅世合

这些年的经历让我明白了一个深刻的道理：摧毁一个旧社会，很容易，建设一个新中国却还真不是那么简单。

解甲归田后，很多人关注我、肯定我，常常报道说："他是将军，解甲归田，要和全中国几亿农民一起，共同筑牢中国的饭碗。"

国家给我那么多的荣誉，民众给我那么多的信任，难道我只能做一个普通农民所做的事，或者说一个镇长所能做的事？

当然，乡亲们对我很满意，因为我给村里镇上都带来了变化，可我的理想不仅在此。

我痛心的是，我回来的这几年，正是国家困难的几年，人民遭受着饥饿的煎熬。

我知道问题很严重，尽管现在是和平年代，但这却更是一场"长征"——新时代的长征，不一样的长征。战争年代，我们抛头颅洒热血，凭的是一股勇气、一种精神：一不怕苦，二不怕死，冲锋陷阵英勇杀敌。只要有信仰有理想，一心想着为劳苦大众打江山，就可以奋不顾身。那其实也很单纯，活着干，死了算！有时蛮劲勇气都管用。但搞建设不一样哟，光靠蛮劲和理想不行。这些年，无论国家还是我自己，都在这方面遇到了些问题，栽了些跟头，受了些挫折。但失败是成功之母，用我们当年打仗的话说：胜败乃兵家常事，不在于一战一役一时一地，在于全局，在于将来，在于最后的胜利。

蛮干不行，光有热情不行，得实事求是。

健宽没回来的那些日子里，我特别想念他，我把很多希望都寄托在他们这些年轻人身上。

一九六四年　十月十九日　傅健宽

我在大学里，教授很倾心米丘林的环境遗传学这一学说，这也是中国遗传学界"唯一的遗传学"，"无性杂交"就是这理论中非常诱人的一种。按这种思维和逻辑，人们可以创造出新品种，且是前所未有的新品种，也将会得到出人预料的大丰收。

我们在学校的那些日子，被这种理论弄得异常亢奋，派生出无限的想象力和创造欲望。出了校门，满脑子里塞着的还是那些东西，像彩色的空气，一直在脑海里膨胀，形成一幅幅美丽的彩图。我努力做试验，期望能将苦瓜嫁接到冬瓜上，将扁豆嫁接在刀豆上。反正这一类的浪漫想法在我脑壳里接二连三地出现。

我完全是有板有眼地按照教科书上的知识进行试验的。

比如书上说，科学实验证明，月光花光合作用强，而红薯的光合作用相对较弱。书上还说，光合作用能使红薯增加淀粉合成量，淀粉合成量增加了，肯定比一般的红薯要大。

这不就是个增产增收的好前景吗？

我一脑子的亢奋，也满怀热情和希望。

那块旱地也是精挑细选的，把红薯苗种下后，长到一定时候，我用月光花和红薯苗做了嫁接。

活了，嫁接很成功。

我每天都上地里看那几株嫁接的红薯苗，它们一天一天长起来，长得很正常，用"茁壮成长"这四个字形容再恰当不过。每长出一片新叶都让我脸上泛起笑容，每长出一根新芽更是让我欣喜若狂。

我天天去地里，夜里、睡梦里也想着那几株试验苗。

这个试验，第一年确实收获了超大红薯，地上也结了种子，但是第二年情况却完全不一样了，我将嫁接产生的新品种种子播种后，却被打回了原形，长出的还是月光花，地下也没有长红薯。期待的新品种呢？并没有出现！

我根据米丘林的环境遗传学，还搞过番茄嫁接土豆、西瓜嫁接南瓜等试验。结果呢？西瓜嫁接南瓜结出的是个四不像。我和我带领的科研小组的学生一起尝了这个四不像的瓜，它既不甜也不香，西瓜和南瓜的优点都不沾，它根本不能算什么"新品种"。

显然，我的努力和试验都失败了。

一年来，这类试验我做了很多，结果完全不是我预想的样子。我看见了我的失败，我也感觉到了我的沮丧，但我最不愿意看见的，是我爸的沮丧和失望。

那些天，我爸脸上虽依旧挂着笑，可那笑别人看不出，我看得出，有些勉强，皮笑肉不笑的。那天，家里的餐桌上多了两样好菜，我爸还拎了些酒上桌。

我知道我爸的良苦用心，他在用他的方法安慰我。那天，他还给我讲起红军翻越雪山时他所在部队的一个故事。那时候，饥寒到极致，已经到了人所能忍受的极限。我爸和他们补给连的几个人，随时都想倒在皑皑白雪之中，但我爸的战友，一个叫许成亮的战士说："谁倒下谁就死在这儿，那不是英雄，谁能

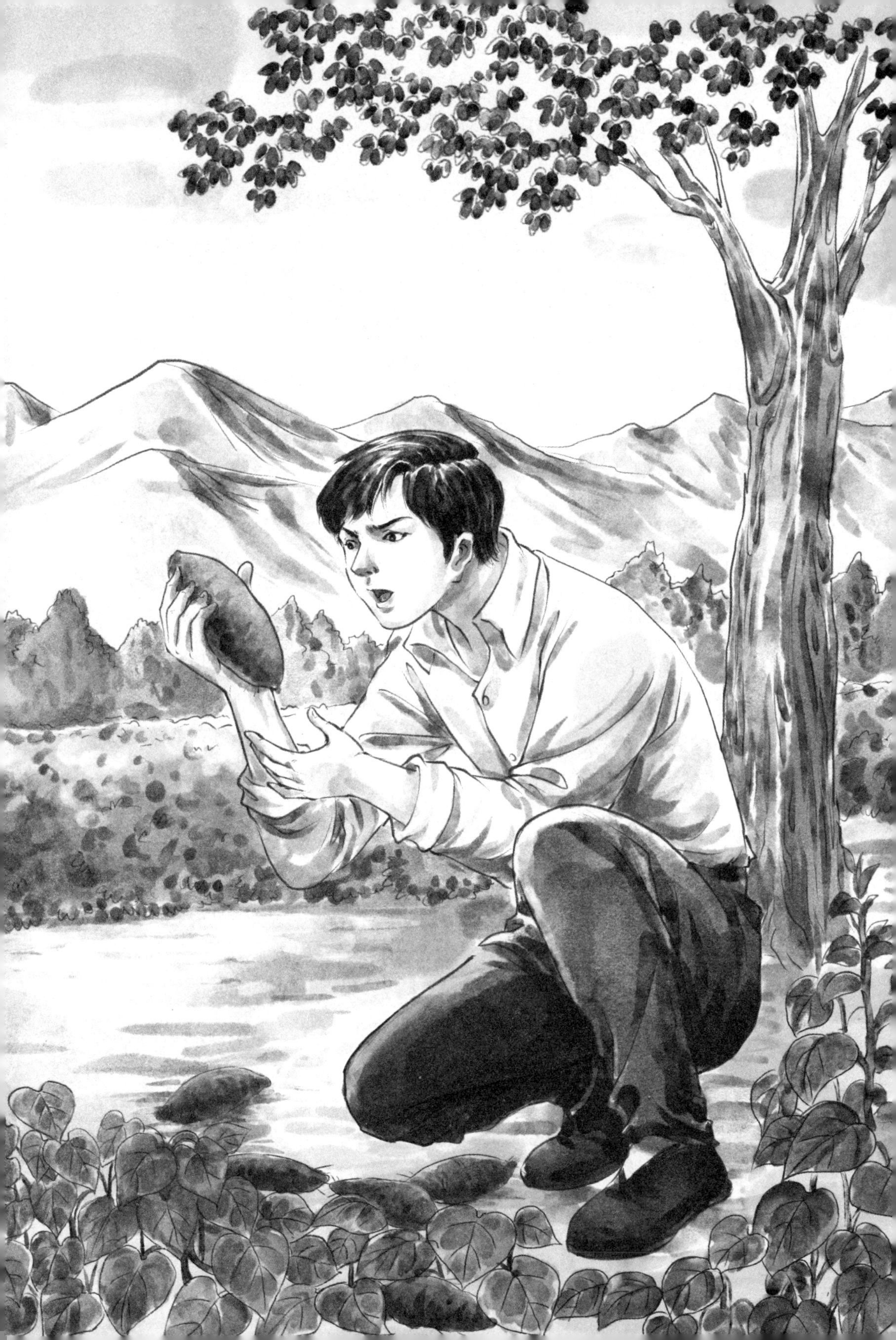

坚持到最后,活下来才是好汉。"谁都不想做狗熊,都想做英雄。我爸说,就这么一句话,就这么一个信念,大家都咬着牙坚持下来了,最后,没人倒在雪山上,都完好地走了出来。

我知道我爸话里的意思——做事情,开始时可能会遇到许多意想不到的困难,得坚持。

但我大学才毕业,初出茅庐,正信心满满,自信心爆棚,这当头一盆冷水,难免令我灰心丧气。

我爸也曾因我对米丘林的环境遗传学的描述及其"实施"后的"辉煌成就"和"远大前景"多少回夜不能寐,他这么大年纪了,也跟着我遭遇了这兜头的一盆冷水。但我爸毕竟是老革命老红军,毕竟是枪林弹雨里走出来的,他坚信他儿子最后一定能取得成功,于是一方面强压住内心的失望和纠结,另一方面还得想办法安慰我。

我爸说:"喝酒喝酒,今天是个值得纪念的日子。"

我和吴阿姨都愣住了,一起看着我爸。

我爸笑着说:"今天是我们中央红军胜利完成长征的日子。"

我抬头看了下墙上的日历,十月十九日。我知道那一天,我爸经常跟我说他们在吴起镇那天的情形。我也曾经查过史料,明白那一天对于父亲和他的红军战友的意义。

史载,一九三四年十月,中共中央和中央红军先后从江西瑞金、于都等地出发,开始了艰苦卓绝的长征和北上抗日的战略转移。每天面对国民党的飞机大炮和几十万大军的围追堵截,英雄的中央红军在毛泽东等同志的领导指挥下,以非凡的智慧和勇气,运用机动灵活的战略战术,经历了湘江战役、四渡赤水、巧渡金沙江、强渡大渡河、飞夺泸定桥、血战独树镇、激战嘉陵江、突破天险腊子口、翻越高峰六盘山,攻占了七百多座县城,进行了三百余次战斗,并征服空气稀薄的冰山雪岭,穿越渺无人烟的沼泽草地,纵横十一个省,于一九三五年十月十九日胜利到达吴起镇。

我爸邀我喝酒,当然不只是纪念这个特殊的日子,我明白他的苦心,也明白他的真意。他曾多次跟我说起过到达吴起镇那天的情景,我在很多教科书还有相关的媒体上也看过、听过吴起镇的故事。

我爸说,他平生第一次喝醉酒就是在吴起镇,不仅他,他的很多战友也都喝醉了。大家庆祝脱离险境,摆脱了敌人的围追堵截,走出了困境,完成了长征,取得了胜利。虽然付出了极大的代价,但保留了革命火种。星星之火,可以燎原。留得青山在,不怕没柴烧。

虽然九死一生,但有了一生,大家互相庆贺,喜极而泣。那天,不胜酒量的我爸喝多了,还挨了首长批评。

《孙子兵法》里说:"投之亡地然后存,陷之死地然后生。"

我还没置于亡地呢,我还没陷之死地呢,我只是暂时遇到了困难,我怎能气馁放弃?

我说："爸，我明白了。"

我说："爸，您放心！"

我举起那只搪瓷把缸，跟我爸碰了下杯，把缸里大半把缸的酒，足足有三两，我一仰脖子，一口干了。

我知道我还得继续下去，我没有一点儿理由可以放弃。

第四章

选定了水稻

一九六五年　二月四日　傅世合

今天大年初三,立春。

年过得很好,一片祥和。

很多老战友来给我拜年,省里市里的民政干部也奉命而来。平时安静的家,有些喧嚣热闹。

我看见儿子健宽那间屋子的门一直关着,他当然不是在睡懒觉,他是在那看书。他一心扑在种子上,昨天他跟我说,心里很急。过年时有人祝他早日成亲生子,他说"子"不是儿子是种子。我知道他的心思,他想今年干出一点儿名堂。

庆莲给健宽屋里端去一只火盆，今年的冬天有点儿冷。

一九六五年　四月十日　傅健宽

阳春三月，桃红李白，田翻耕了，蛙噪虫鸣，江南的春天充满了活力。我和我的同事们在田里种下水稻，力图培育良种。虽然经过上一年的努力，成效甚微，但作为市一级的农科所，常规动作不能停，得培育良种。何况自古以来昭萍周边的湘东和赣西一带的农民，因田少人多，一直就重视育种。这一带多以水稻种植为主，所以，培育水稻种子是大家的共识。

农科所种有一块水稻田，我也参考了米丘林那套理论，把在农学院所学倾其全部，用在那两亩水稻试验田里。

我一心牵挂着田里作物，每天都在那些水田和旱地里出没，观察——不是一般的观察，而是细致观察。日照、降水、温度、湿度、施肥的多少、肥料的种类配比、花期、授粉……反正都得面面俱到。我把一切都用笔记了下来，不放过任何一个细小的变化。

今年，所里给我配了个助手，为了缓解我的工作压力，减轻我的劳动强度，让我有更多时间专注研究。

的确，光收集资料和观察记录，就烦琐得很。

尤其是种水稻，其实名堂挺多。比如，水稻的长势（稻株和群体的生长速度或生长趋势），分蘖的早晚、多少，出叶的快慢，发根的强弱，等等，都得细致观察，将一切变化记录下来作为资料。

而对水稻长势的判断，就有诸多方面要注意。

不说别的，单就叶耳距还有定型叶，就有很多学问。

定型叶好懂点，就是长着长着就不长了定了型的叶子。

叶耳距大多数人都没听说过吧？它是水稻种植的一个专业用语，是指两个相邻叶的叶耳间的距离。很多人也许要问这和水稻产量有什么关系？告诉你吧，大有关系，这里边学问大了。水稻在正常生长情况下，叶片和叶鞘的长度随着叶位增高而加长。在拔节前，各叶叶鞘都长在密集的分蘖节上，起点基本相同，叶鞘长度的递增明显地反映在上、下两叶的叶耳距上。随着新生叶片的不断定型，叶耳距一个比一个大。如果某一时期生长受阻，叶耳距便缩短，受阻程度愈大，缩短愈多。在正常情况下，健壮苗基部至第一片叶的叶耳距应为两至三厘米。

定型叶的长度反映了稻株在该叶伸长期间的营养水平，也可以此预估以后的营养状况。顶部最后三片叶，是结实期的主要功能叶，这些叶片长势是判断后期水稻营养状况的重要指标。一般认为，顶部三叶较长、厚、直立，茎基各叶较短小，后期可获得较为显著的增产效果。定型叶的长度还可反映该叶同伸器官的生长状况，由此可作出许多相关判断。如倒二叶和倒五节节间同伸，倒二叶过长，则倒五节节间必然过分伸长，因而倒伏的可能性就越大。又因倒二叶在相当程度上受倒四叶的控制,所以,在一定条件下,倒四叶往往和后期倒伏也有密切关系。

当然,除叶耳距、定型叶外,还有植株高度和分蘖速度。植株高度和分蘖速度反映了植株整体营养水平。一般来说,营养状况不良时,植株矮小,分蘖少而缓慢,而当营养状况良好时,植株高大健壮,分蘖多而整齐。如果发现株高和分蘖生长异常时,要结合具体表现分析原因,如缺少何种元素等,从而采取相应的措施。

那两亩田里的禾苗长势良好,有阳光雨露,又有合理的施肥,再加上精心的呵护,当然是不同于一般的农田的。就像你一心扑在一个孩子的成长上,运动、营养等成长中所需的一切,均按标准来操作,那这孩子的各方面都优于普通的孩子,就是再正常不过的事情了。

两亩田可以成为水稻丰收的样板,但成本呢?我心里很明白,按这种成本换取这样的"丰收",其实不可能让人开心,更不可能让人赏心悦目,如果老农有这种人力物力成本的投入,水稻也能高产。我和我爸图的不是这种种植和"丰收",而是要种子。

第五章

"传种接代"的愿望落空

一九六六年　七月二十日　傅世合

又一年过去了,我看着健宽他这一年来三百六十五天的奔波,实在是太辛苦,他一直鼓着干劲,确实没被困难打倒。

我知道他这些天去了那万中坳里,那片叫万中的坳里不是育种田,是试种新种的试验田,当然也不止一亩两亩,是十几亩。他天天依然倾心于那些种子,上一年一直辛勤努力培育的种子。

我不知道健宽他们的讲究,他说得有对比,即使是同样的种子,如果每丘田给的各种条件不同,也会有不同的收效。通

过这种对比，能得到一些数据，从而从中摸出规律。

我也被健宽弄得满脑壳的数据，还有标本。

我从我的工资里拿出部分资金，解决了健宽所需的一些基础设备。他所在的农科所，也不是没设备，至少保温箱或是培养箱都有。大大小小的培养杯那种玻璃器皿，更不是问题。但是，健宽说，应该有一台好点儿的显微镜。我觉得我得想尽一切办法帮助他，健宽想要什么我都全力满足他。

健宽几乎过着三点一线的日子。家，农科所试验室和那片农田。

健宽喜欢他的那间工作室，其实那是间试验室。那间屋子不大，但却有模有样，试管、烧杯、各种器皿全都有，当然还有大瓶小瓶的培养基，那台显微镜是最最奢侈的物品了。

我常提醒儿子把工作台往窗边靠靠，白天开台灯浪费电呀，再说自然光多好！可他把显微镜当宝贝，担心离窗子近显微镜被风蚀雨淋了，总是让显微镜离窗子远远的。

我有时过去陪他，虽然我在农业科学技术方面最多只是小学生水平，但我知道，我的出现，会给他带来精神上的鼓励，他一直希望他最亲近的人在身后支持他。

这次我又去了健宽的工作间，这天我没跟健宽说工作台的事，因为我妈和庆莲特意交代了我一件事，这事还真的不容易办，但这事还真的很重要，我得跟健宽说这事。

我妈说："健宽老大不小的了，该跟凤妹子成亲了。"

我妈说的凤妹子叫谭雨凤,是健宽的大学同学,也是他的未婚妻,大学毕业后一起回了昭萍,在气象台工作。按说,都是大龄青年了,在当地和他们同龄的人孩子都上小学了,可健宽坚持说他育种的事业至少要有点儿苗头,有那么线曙光后再考虑结婚的事,于是拖了一年又一年,可老人家急了——他奶奶已经八十多岁了,心急是有道理的。

"宽伢只顾他的那些种子那些苗,可我们傅家的种呢?傅家的苗呢?"我妈黑着脸嘟哝。老人家很少生气,但说这话时显然在气头上。

庆莲也说:"妈说得有道理,你得劝劝健宽,他再怎么样,妈带大他不容易,都快三十的人了,妈看见邻居家儿子二十出头就生儿育女的了,悄悄抹眼泪。"

我也突然觉得问题很严重,我能理解我妈的心情。

我去了万中坳,健宽不在田间,那时田里禾已经灌浆结实,正是入伏天气,天干炎热,但那片坳里却生机盎然。我不知道为什么突然想在那儿坐一会儿,是走累了吗?好像不是。他们开车送我到坡前的,我也没走多远的路呀!有微风吹来,是不是这坳口过风,在这棵大松树的树荫下让人感觉身心舒畅?好像也不是。是让微风裹挟了的稻香使然?我往坳里看去,那一片的翠绿,每一株秆枝,都举着稻穗在田里张扬。树上蝉扯噪了嘶叫,像要给静静的稻田鼓噪什么。那片碧绿,依然我行我素,往成熟里去,再有十天半月的,就要由绿而黄,直挺高昂张扬着的稻穗，也将变成饱满的谷粒，心满意足地低垂。这些，当然让人心旷神怡，我想了想，应该是眼前这片稻田让我觉得暑热顿消，我知道，我和儿子的心身都牢牢地牵挂在这片生长着的水稻上。

远远地，我看见那间屋子的门被人推开了，健宽走出那间屋子，那条黑狗紧跟其后。健宽走得很急促，快步而行，肩上背着的泛黄的军用挎包在他身后不住晃动。健宽一直走到田边，蹲下来，仔细观察着。然后，在本子上记录着什么。

我站起来，黑狗发现了我，叫了一声，朝我跑过来，但健宽没反应。

我走过去，一直走到他的身后。健宽那时聚精会神心无旁骛，丝毫没察觉我的存在，黑狗又叫了一声，健宽才抬起头，看见了我。

健宽没什么吃惊，也许以前这种情况不少，他站了起来，说："爸！天气这么热……"

我说："我来看看你，我来这也帮不上什么忙，看看你，看看田里的禾。"

"田里禾没问题，我也没啥问题。"健宽说。

"那就好……"我说，"我看今年的禾长得不错。"

"是不错……可是……"健宽说。

可是什么？健宽没接着细说，我也不再问他。但从他表情上看他不是太满意。

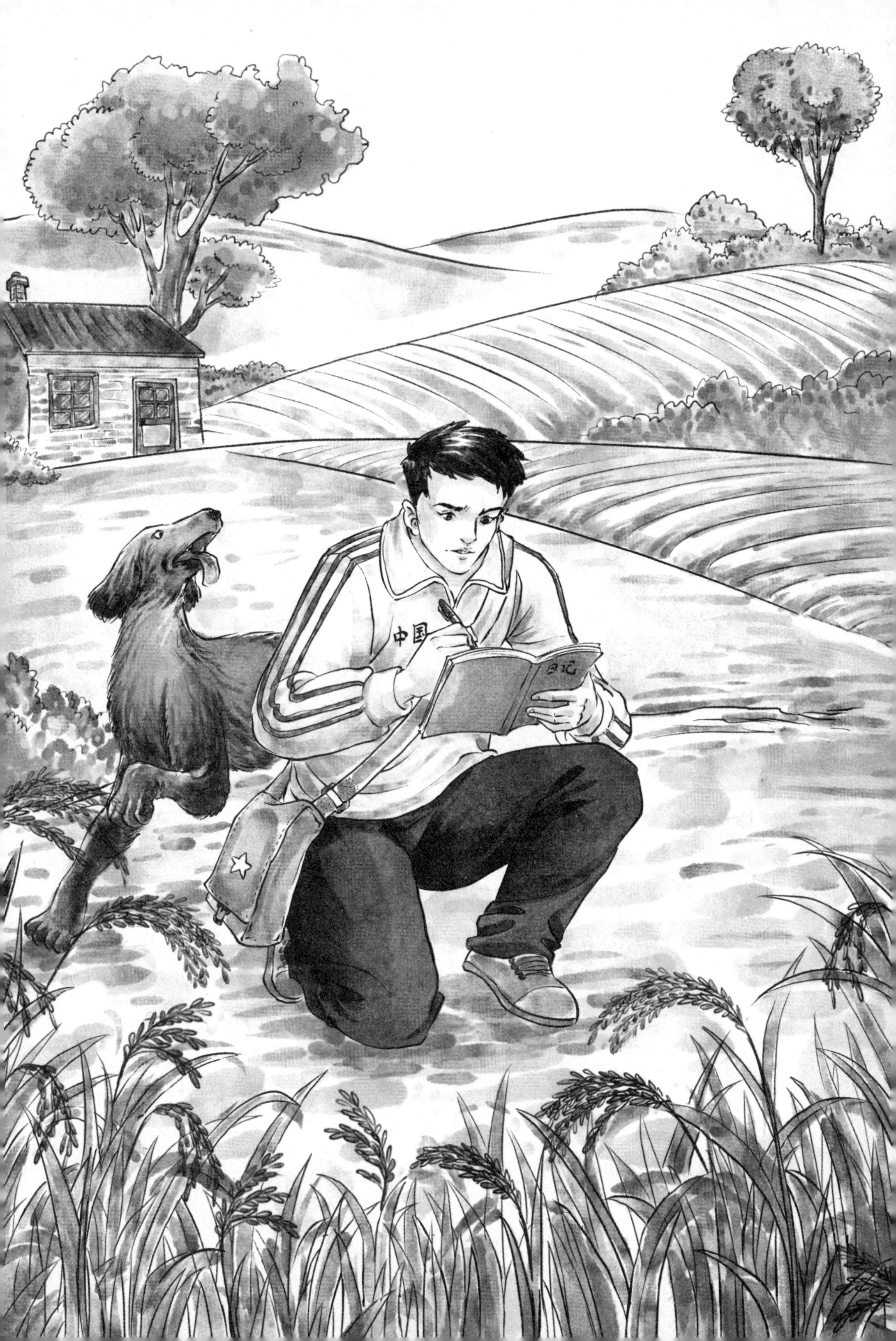
中国
日记

我说:"你接着干你的事!"

健宽又忙碌起来。

我说:"小蓝呢?"小蓝是农科所给他配的那名助手。

"去市里开会去了,"健宽说,"最近会议有点儿多,但田里也很关键,迟迟没有成果,我很着急,就让小蓝代我去了……"

我没说什么,好像儿子说的是有些道理。

健宽说:"爸,你还是去阴凉地方待着吧,现在日头当顶,像火炉。"

我说:"就是嘛,你看你不该这时候来弄事,清早可凉快多了。"

健宽说:"早上有早上的数据,上午有上午的数据,每个时段的数据都要掌握。"

我没走,我觉得这时候跟健宽说说那事未必不是好机会,我也是儿子的助手,我突然跟他说:"健宽哎!你奶奶今年八十七岁了……"

"嗯!我前天回去看了她,她身体很好,牙齿虽然已经掉光,但您给她弄了副假牙安了,她又能吃能睡的了,能吃能睡身体就好!"

我说:"毕竟是快九十的老人了,咱不能让老人家揣着心病过日子,带着遗憾走……"

健宽站了起来,说:"好吧!我也是这么想的,过去,我把育种的事想得简单了些,以为一年两年里就能出成果,就能初见成效，现在看来一切都是一厢情愿。"健宽听明白了我话里的意思，就是他和谭雨凤成亲的事。

我说："儿子，你已经很努力了，而且你不是一直有所收获的吗？任何伟大的事业都不可能一蹴而就，越是攻坚的战斗，付出的艰辛就越大越多，喜马拉雅山高峰谁能一下就登顶？主要是看你有没有信念，能不能坚持！"

健宽说："是的！爸，您的话我记住了。"

我知道儿子健宽他越来越像我了，对事业的执着，对信念和理想的坚定，对攻关克难的决心，对国家对人民的满腔热情……

健宽也常常思考，向他人学习。

一天，我和他去村里办事，人家说我们要找的人去担谷子了，结果我们在那等了一上午也没见到人。村里的田那么远？正在纳闷儿的时候，我们看到几个农民担着稻谷从山上下来，健宽就问他们，难道大山里有他们的田？人家回答，哪能，是去挑种子了。原来农民是去山上换稻种的。健宽想，海拔高的地方温度低，水稻更加不高产，去那换种子靠谱吗？健宽还扯了人家问："换个种子担这么远？"人家说："山上的种子好些，产量高一些。"然后他们说了一句让健宽记了一辈子的话："施肥不如勤换种。"

但那一刻我最开心的是他应允了成亲的事，这虽然是件小事，但对我妈来说却是件很大的事，她指望有生之年早日看见曾孙。

我说："那就好，你奶奶会很高兴，我看今年过年前就挑个日子把事办了……"

我没听到健宽的回应。

"你和雨凤商量下……"

依然没回应。

我看去，健宽正盯着不远处的一个什么东西。

我说："跟你谈正事哩。"

他说："那有根稻穗好像高出其他很多。"

我朝那方向看了看，似乎是有根稻穗一副鹤立鸡群的样子。我说："是哎！"

很快，健宽走下田去，从春天开始，健宽就像个地地道道的农民，从来都是赤着脚的。他说那样下田方便，雨凤说那石头硌脚板的呀，要叫什么戳了可咋办？雨凤那孩子是在县城里长大的，她不知道乡间和矿上那些孩童，只要开春，整个夏天和初秋都是赤脚的，脚板上那层皮早就磨得厚厚的了，担了上百斤的柴在山里走路也毫无压力，快步如风。

健宽几乎是蹲着走近那株水稻的。

我看见健宽那时的眼神，有些疑惑，却充满了期望。

一九六七年　八月九日　傅健宽

奶奶那几天脸色确实好了许多，我没想到奶奶会一直那么惦记我。

去年重阳节刚过，我和雨凤就举办了婚礼。本来我和雨凤都想把婚礼办得简单一些，也没什么别的顾虑，主要是因为工作忙，不就结个婚，两个人走到一起过上新生活而已，没必要浪费更多的时间花费更多的精力，把日用品什么的搬到一起给大家撒点儿糖不就行了？很多人不都是这么办的婚事？但奶奶似乎有期待，我们把想法刚跟她说几句，她就来了情绪，脸绷得紧紧的。吴阿姨也拉着张脸，我知道她想什么，除了和奶奶的期盼一样外，她还担心弄简单了人家非议她是后妈在使梗。

最终还是办了几桌酒席，这才勉强让奶奶和吴阿姨脸上舒展了许多。

我还是一直惦记着那株"鹤稻"，对，那时，我想给那株特殊的水稻取个名，想想，既然它鹤立鸡群，那就叫"鹤稻"吧。

去年的整个夏秋，我一心扑在"鹤稻"上。我的笔记本上密密麻麻的文字和数字全是关于它的记录。稻穗有八寸多长，整株有十三个穗子。我曾经细数过其中一根穗，有两百三十粒谷粒！以这根穗的谷粒粗略算，这稻种亩产可以上千斤。可当时这一带最好的稻子，亩产也就五六百斤。

那株"鹤稻"收了近三千粒种子。

那两亩田,虽然精耕细作,但产量依然不尽如人意,显然,那种传统的育种方法,并不可能让水稻大幅度增产。但这两亩田里,竟然有一株稻"鹤立鸡群",这也许是偶然,但这种偶然一定有其科学依据。

我就想,是不是某种自然杂交在起作用?

今年开春,我继续翻耕了那两亩育种田,将这近三千粒"鹤稻"谷粒育了秧,种苗成活了一半。我当然很开心,我把我的收获告诉我爸,他也很开心。从播种的那天起,我爸就常来我们这,他和我一样,一直关注那两亩试验田,喜欢看着那些禾苗一天一天成长。

我跟我爸说,"鹤稻"的那些种子,如果再种一季仍能整体表现优良,它就是一个优良的稻种,值得广泛推广。

"鹤稻"的那些种苗,被栽入了试验田。果不其然,开初,长势喜人,由微黄转绿,后转碧绿。我和我爸同样是一日看个几回,望子成龙嘛。可这上千株秧苗,长着长着就出现了差异,有高有低,有粗有细,而且生长期越往后越明显。这是怎么回事?是肥料不均?还是水田田土有别?温度湿度什么的是扯不上,毕竟在同一块田里。

从春到夏,再到水稻抽穗的时候,那一千多株试验稻,差异性已经是板上的钉子铁打的事实。我和我爸都泄了气,梦想再一次破灭,想通过选一个高产稻种进行"传种接代"的愿望落空了。

好好的稻种，为什么到第二代就不行了？那到第三代更不用说了。

那些天，我总是睡不好，总是心里一团乱麻，理不出一个头绪。

第六章

三系配套法

一九六七年　十月十日　傅世合

  我清楚地记得那天的事，那天我和健宽都有些沮丧。一些过来帮忙收割的农民却觉得我们的沮丧莫名其妙。他们说，这几丘田的长势不错了，比别人田里的好上几倍哩。我和健宽当然知道，光从产量来看，这田里的产量远远高于平常那些稻田。而且不是不错，是非常不错，甚至可以说是罕见。但这是稻种，不是这一季能得高产业绩我们就可以满足的，得让它们能做种，下一季也能高产。

  但健宽告诉我，不可能。这一季，种子当然起了作用，但这些种子，到第三代第四代又会被打回原形。

　　我妈不知道她孙子和儿子的焦虑，整天催促庆莲，琢磨着想办法给她的孙媳妇补身子。好在国家对革命时期有特殊贡献的同志给予了适当的补贴和保供，雨凤怀孕的那些日子，虽然粮食也不宽裕，但我妈还是总能想出办法来充分保证她孙媳妇的营养。

　　那天，我们正在试验田里看着稻谷由青往黄里去，再次认定育种的尝试失败，突然有人喊着叫着出现在了坳口，是健宽的助手蓝湛。蓝湛舞动着双臂喊着，我们听不到他在喊什么，只是觉得事情似乎有些紧急。

　　蓝湛跑到试验田边，喘息着。

　　我说：“小蓝，什么事那么急？！”

　　蓝湛说：“生了……生了……嫂子生了！”

　　我和儿子健宽飞快地去了那间产房，母子一切都好。健宽朝蓝湛瞪了瞪眼睛：“你看你那么喊呀叫的，吓我一大跳。”

　　蓝湛说：“我是去报喜嘛，大喜事哩。”

　　对于傅家来说，确实是大喜事。尤其我妈，这么大年纪了，一直盼着能做曾祖母，抱抱傅家的香火。

　　我妈说：“你们给取个名字吧。”

　　健宽看着我，大家都看着我。我想了想，犹豫着，抬头，透过窗户，看见产房外面那街道围墙上写着的醒目的大标语，一时涌上灵感。"好吧！"我说，"叫继良！傅继良！"

大家依然看着我。

我朝窗外那标语指了指,众人的目光都移向那地方。那标语字很大,一目了然:"继承先辈优良传统,争取革命更大胜利!"

"好!"我妈说,"这名字好!"

吴庆莲和谭雨凤也异口同声说好。我看了看儿子,健宽也点了点头。

其实,我也希望这喜事能让他因育种失败的沮丧情绪有所缓解,但健宽并没有因雨凤生下个健康足月的儿子而忘乎所以,他脸还是绷得紧紧的,白天大部分时间依然在那片试验田里琢磨着什么,夜里他房间的灯也亮到很晚。

我知道他在做细致的研究工作,在动脑子。他没有被困难吓倒,而是在总结经验,继续克难攻关。

一九六七年　十月十日　傅健宽

爷爷给他的孙子取名叫"继良",继承优良,他爷爷是老红军,走过长征,经历过战火硝烟,还是将军解甲归田的先进典型,不折不扣的"优良",可他爸呢?对工作,对事业,虽然一直很尽心很努力,不敢有丝毫懈怠,但现实呢,却还在摸索中,不知道前景怎么样,算不上有什么成就,也就没有可以拿得出手的光辉业绩，因此，就没有什么"优良"可以继承。

但作为爸爸的儿子，儿子的爸爸，我还真的要做出榜样，要让儿子知道，他的爸爸一直在继承先辈的传统，一直在追寻着他爷爷的脚步。我也得让我的爸爸知道，儿子不会让他失望。

我更加刻苦地进行我手头正在进行的工作，我也多次去我的母校，还有其他的专业学校和科学院请教专家。

我也常常在思考。

按说，水稻是可以人工授粉的。

水稻是自花授粉作物，也就是当水稻扬花时，稻壳的顶部开口，雄性花药吐出后进入稻壳中的雌花蕊，两三个小时后稻壳自动闭合，授粉完毕。我做的人工杂交则是在稻壳自然张开这个时段，人工去掉雄花，将其他稻种的雄花人工授粉于张开的小稻壳里。一个科研人员一天最多也就能人工杂交授粉一百粒，一个扬花季一个人能做的人工授粉最多也就一千多粒。如此巨大的工作量被前辈专家定性为：水稻即便可以人工杂交，在生产上也无意义。

但是，聪明的人类并不为困难所吓倒，一些科学家经过探究，提出了三系法。

二十世纪二十年代，美国人琼斯从理论上提出可以利用水稻的雄性不育，用三系配套法来实现水稻的杂种优势利用。我

专程去了北京，找到中国农学院，请教了相关专家，他们赞同我的想法，认为三系配套法的理论完全可以在中国水稻育种方面开展试验。

三系配套法的第一步，是寻找天然的雄性不育株。我认为雄性不育系的原始亲本是一株自然突变的雄性不育株，我从相关学者那知道，杂交高粱的研究也是从天然的雄性不育株开始的。我由此推断，水稻也可能存在天然的雄性不育株，这一步是培育不育系的基础。

那些日子，我执着于去田间寻找天然雄性不育株。我带着助手蓝湛，在扬花的稻田里一穗一穗地检查，试图找到这个天然的雄性不育稻株。

功夫不负有心人，工作虽然艰难烦琐，却有了成效。

第二步呢，找到不育株后，要筛选和培育保持系。我们必须寻找和培育出一种和雄性不育系杂交后，其后代能保持雄性不育性状的水稻，以解决雄性不育系传宗接代的问题。

第三步，筛选和培育恢复系。找到和培育出保持雄性不育性状的水稻后，我们还要寻找和培育一种和雄性不育系杂交，杂种第一代能恢复雄性育性，能自交结实的水稻。只要它们的优势明显，就可以将它们用于大田生产。

这就是我们设想的三系法杂交水稻。

后来，我们进一步设想和设计了三系法杂交水稻的生产程序：寻找和培育出符合生产要求的"三系"以后，利用"三系"进行循环杂交，就能完成不育系繁殖、杂交稻制种和大田生产应用。

一切似乎很顺利。

第七章

有人把一田的禾苗拔了

一九六九年　六月二日　傅世合

　　那些天，健宽一直住在那间小屋子里，他说他得守在那儿，看得出，健宽对那块田里的青苗疼爱有加。

　　春末夏初的时候，健宽和他的助手将六百多株精心培育的不育材料秧苗，种在那块试验田里。

　　一切正常，种苗长势喜人，健宽的脸上总是洋溢着掩饰不住的喜悦。我不懂儿子健宽所说的不育材料、特殊种苗的奥秘，看上去，那些青苗与别的禾苗没什么区别。

　　外面在铺天盖地轰轰烈烈地搞运动，儿子健宽和助手们心无旁骛，专注于那些禾苗。

儿子说："时间实在是太宝贵了，我们恨不得把一分钟掰成两半用……"

一天晚上，下了大暴雨，就是那天夜里，发生了"拔苗"的蹊跷事件。

那天我有些感冒，待在家里休息，庆莲带我去了医院，大夫建议我休息几天。那些日子，我和儿子健宽一样，时刻惦记着那些种苗。健宽跟我说了很多关于水稻杂交的学问，有点儿复杂，我记不住，但有一点我是知道的，就是这些经过人工授粉杂交的水稻良种，明年开春播种后，会比普通的稻种更加丰产。健宽给我描绘了灿烂的前景，如真如儿子所说，那肯定是一大进步，一大贡献。

尽管是休息，我也在看相关的书籍，儿子给了我一些书，虽然只是关于农业的一些科普知识，但很重要，我一一认真读了，收获不少。

刚吃了早饭，我准备继续阅读昨天的那本介绍种子的书。

忽然窗外传来一阵响动和哐当的响声。我抬头，看见了蓝湛，小伙子似乎有什么急事，自行车都没来得及放稳，直接往院子里一横。

蓝湛喘着气，跑进屋子。

"什么事？！"

蓝湛喘着大气，断断续续地把事情告诉了我。他说那块田里的六百多株秧苗，被人拔了精光。还真是急事，也是奇事意外事。

"怎么会有这种事？！"我很吃惊。

"真的……"

我没多问，拉了蓝湛往屋外走。庆莲没说什么，抓了桌上的药瓶塞在蓝湛的挎包里。蓝湛倒是愣住了，一时立在那儿不知所措，显然，知道我身体欠佳，小伙子有些犹豫。

我说："走！没事！"

果然非常严重，健宽站在田边，眼里满是绝望，欲哭无泪，我知道他内心的痛苦。

"怎么回事？！"我看着那丘田里空无一物的浊水说。

健宽说："就昨天去开了个会，有人就把一田的禾苗拔了。"

"报案了没？"我问。

"报了案，公安部门的人也来过，但是昨天下了场暴雨，农田和周边一带，没找到什么线索。"健宽说。

蓝湛说："昨天开了一天的会，傍晚打雷下雨，就没来田里，今天一大早傅老师来这，就发现成了这个样子……"

"这个人想干什么，这也不是菜地，也不是别的什么苗，这是禾苗，喂猪猪都不吃，牛嘛，现在哪地方不是青草一片？费这神？"我说。

蓝湛说："明摆着这是搞破坏。"

我说："那这么多的秧苗，还带着泥坨，能弄到哪儿去了？"

健宽说："我们大致找了一下，就是没找到。"

我说："动员大家，一起找找。"

我们从周边村子里发动了些群众，他们自发帮我们寻找那些禾苗，但确实很奇怪，就是没有找到那些禾苗的下落，甚至连丝毫线索都没有。六百多蔸禾，禾蔸上肯定还带了泥，能弄到哪儿去？昨晚下过暴雨没错，把一些痕迹冲了没错，但这么些禾蔸，能莫名就不见了？

一九六九年　六月五日　傅世合

发生了这种事，实在出乎意料。

这到底是什么意图？我和健宽还有相关的人，怎么也想不明白。

显然这是一次破坏行为，而这个破坏，那个人还冒了很大的风险，这要被抓了，可不是小罪。

但我知道，那个家伙肯定不是图财，而是典型的故意破坏，想让试验前功尽弃。

公安局来了几个人，我特意交代了一下，让他们重视一点儿。他们当然觉得事情很严重。这是农业试验的重点项目，现在正是"抓革命，促生产"的关键时候，这样做是不是太不应该了？

一九六九年　六月六日　傅健宽

我一直想不通那个破坏种苗的家伙，伸出那只黑手，动机是什么。公安局的同志来过了，大雨将痕迹破坏得很厉害，他们也找不到太多的线索，只能将能够采集到的蛛丝马迹带回去，说期望能破案。

公安局的同志时不时会召唤所里的人前去问询，我也去过两回。

公安局的同志很认真，他们工作做得很细，我想，即使是如此，那也得抓紧时间，要不然几天后，甚至可能十天半个月后案子再破，对我们来说也无济于事了，那些种苗早就死了。

何况那时候，公安局的同志也要顾及其他，对破案并不能全力以赴。农科所前不久也发生过一个案子。宿舍楼发生了盗窃案，连续有三户场工的家里被盗，那时离发工资还有几天，所以小偷在钱财上没有得手，却把一些票证一扫而空。这年月国家对居民发放各种票证，有肥皂票、布票、肉票、鱼票、粮票等，布票、肥皂票没关系到肚子，丢了也就丢了，肉票、鱼票什么的不是那么要紧，顶多这个月不进荤腥就是了，可粮票就不一样了，那时都按人头定量供应粮食，本来就是掐了算了每个人每天的定量，勉强能吃饱。要碰上正长个儿的后生，每月的定量都不够。没了那几张薄薄的普通的纸，一家人就抓了瞎，没米下锅那可不是一般的情况，很糟糕，也很无奈。人家报了案，公安局的同志也急人所急，可最后还是不了了之。不过那几家人那个月当然没断粮——大家学雷锋，互助互爱，各自均出些大米，让十几个老小度过了那个月。

现在试验田种苗又遭遇毁灭。

公安局的人急的是破案，我急的是找到那些禾蔸，当然，破了案，禾蔸的下落就会水落石出，但种苗早就死了。

我爸把他的想法跟我说了，他提醒我，千万警惕有人趁机制造混乱。他跟我想到一块去了，我们还得全神贯注于育种，不能被带歪了方向，更不能被带坏了节奏。

我跟大家说，既然连公安局的同志都说那么多带了泥的禾蔸，一晚上不可能插翅而飞，那我们自己努力去找找吧。

于是大家继续寻找，可是连续找了两天，依然没找着。

痛心疾首，这四个字真适合我那时的心情，就连"万箭穿心""撕心裂肺"这些成语，也不能充分表达出我的痛苦。这六百多株不育材料是自前些年找到第一株不育株开始，经过多个不育株几个世代转育，才得出的成果。现在它们丢了，就意味着我们之前几年的工作全白费了，前功尽弃。

多少个日夜，又付出多少辛劳和汗水，外人不知道，就连我们亲身经历，也无以言说。流了那么多汗，吃了那么多苦，付出那么多的艰辛，眼见就要出现曙光，眼看就要有结果，可是一夜间灰飞烟灭。

搁谁，谁都不好受。

我是吃不好，睡不着，脸明显瘦了一圈，大家也都吃不好，睡不好。这事，连累我父亲那么大年纪的人了，也跟着我们受煎熬。

事发后第四天，有人找到了我，是邻村的老农，他说他得到了一点儿禾苗的线索。

我立马跳了起来，一直跟着老农来到那地方。那是一片废墟，好些年前肯定是个热闹的村子，但不知道为什么，村子都往南迁了，这里也越发荒凉了。

老农说他孙子和村子里的几个孩童在这片废墟里玩耍，看见那边的什么地方有禾苗。原来，就在离试验田不远处的废墟，那里杂草灌木丛生，其实我们在那一带也寻找过，但不知道杂草灌木丛中有口废井，谁也没往那地方想。

我走到井口，拨开杂草探头往下看，就看到了那些禾苗。

果真在这地方，那只黑手，把几百株禾苗拔了，竟然扔在了这地方，天哪！

我甚至想都没想，就跳入了井中。显然，我把老农吓坏了。他朝井底伸手，可是哪够得着？人在那待了会儿，看到我安全站在井里，知道那井水并不深，就说："哎哎……傅老师……傅老师……"老农惊慌失措，就这么一直喊着。

我说："赶紧找根绳子或梯子来！"

"你没事吧？"

"你赶紧呀！"

废井里黑咕隆咚，什么也看不清，只能用手探摸那些禾菀。我不知道那时外边发生的事，其实想起来挺后怕的。老农很慌张，急急忙忙地跑回去找绳子梯子，大家见他那么急，就问发生了什么事，老农大概说我跳井了，那会儿他没工夫细说真实情况，于是就引起了"爆炸新闻"——农科所的傅老师跳井了。

有人还真误传我跳井了，赶了去告诉雨凤。

"哎呀！哎呀！不得了了！傅老师跳井了！"有人跟她说。

雨凤张皇失措，一下子急哭了，赶紧去找我爸。我爸到底是久经沙场的老革命，见过世面，非常镇定。我爸说先不要跟老太太说，也不要让吴阿姨知道，让雨凤赶紧带他去现场，弄明情况再说。

我爸后来跟我说："当时就我不相信你会想不开，我知道你再怎么样也不会走绝路，但一切又都很顺理成章。"

我爸的意思是说我那些日子精神极度消沉，一副纠结憔悴万念俱灰的样子，一说跳井，肯定有不吉祥的联想。

"我是坚信儿子你绝对不可能这么做，可你奶奶呢，你吴阿姨和你媳妇呢？那就很难说了，你奶奶那么大年纪，一时想不开，什么事都难以预料的，想想都后怕。"我爸接着说。

"我一边安抚雨凤，一边赶紧叫大家对老太太封锁消息。"我爸说。

我没想到会弄出这么大动静，那时我在黑乎乎的废井里，

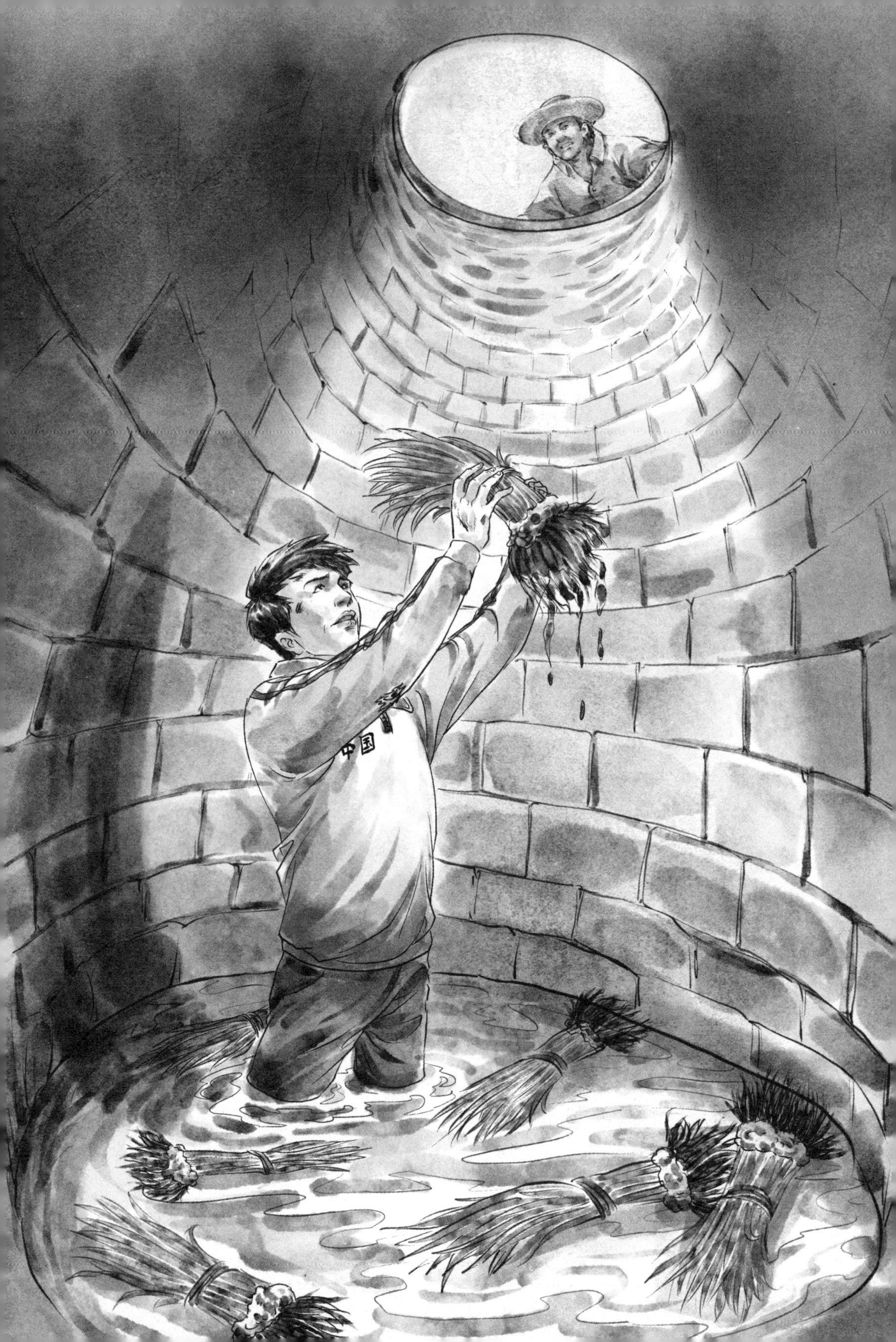
中国

蚊虫很多，在我脸上身上咬了无数包，我也没顾及那许多，在黑暗中捞起禾苑——少浸泡些时候，就多增加些存活的概率。

后来就听到一阵嘈杂，再后来就看见井口光亮处探出了几个脑袋。

蓝湛说："傅老师，没事吧？！"

我很响地应道："没事没事！绳子弄来了吗？"

他们很快用绳子吊下了只谷箩，我把那团乱糟糟的禾苑装入谷箩分几批吊了上去。后来，有人伸下一个梯子，我爬了上去。有人看见我额头有处伤口，说："哎呀！傅老师，你额头怎么了？"

其实猛地跳入井里时，我身上好多地方都有磕碰，虽然有的地方没出血，但可能已经伤筋动骨甚至更为严重，可我顾不了那些，先抢救种苗要紧。

有人说："傅老师，你浑身泥糊邋遢，先洗个澡吧。"

我说："得赶紧把种苗拣出来。"

有人要给我包伤口。

我说："这些禾苑，已经在废井里沤泡了好些天，先完成抢救，我只是小伤，没什么大碍，耽误了时间，种苗可就死了。"

很快，我们就从那堆泥糊中清理出了一些还没完全黄枯的种苗。我叫大家赶紧采取措施，尽一切努力抢救种苗。

那片田里，几十株抢救回来的禾苑又重新入土了，可是，非常遗憾，因为泡在废井里时间过长，大部分苗没能救活，救

出来的那些苗最后也只活了五株，我们科研小组的试验只能在这劫后余生的仅有的五株珍贵的种苗上继续。

尽管只有五株种苗，但我依然觉得是不幸中的万幸，否则我们就只好重新开始，重新寻找不育材料，重新培育，不知道又得几年。

我一直搞不清楚，是什么人，以一种什么样的心态，要对一个从事育种研究的项目下如此"毒手"。明明是造福人类的善事，为什么要予以破坏并下狠手。尽管公安等诸部门已经尽力调查，但"毁苗案"最终还是成了无头案，至今也没有破案，更没有人站出来承认或忏悔。

一言难尽。

第八章

出征：去南繁

一九七○年　七月三十日　傅世合

　　五株绝处逢生的不育材料，经健宽他们精心培育，到底收获了几百粒种子，比金子还珍贵的种子啊。好几年的心血，得到的成果，就只有这么一捧谷粒。外人当然不知道其中的苦乐，我是他父亲，且一直关注和帮助他进行这项事业，他的一举一动、一颦一笑全在我心里。

　　我看见了他的纠结和苦恼，但我更多地看见了他的进步、坚强和执着。

　　那天，健宽突然拿着张报纸找到我。

"爸,您知不知道南繁?"他说。

我摇了摇头,什么南繁?我确实不知道,连听都没听说过这地名,以"南"字开头的地名不计其数,但我从没听说过叫南繁的。

"国家的一个育种基地。"

"噢!"国家还有育种基地,我还是第一回听说。

"中国最南边的一个地方,我们搞农业科研的说它是'育种的天堂',农民说它是'种子基地',普通人说它是'天然温室'。"

"噢噢!"

很快,健宽从屋里拿出张中国地图铺在桌上。他指了指地图上那个地方,确实是中国最南边,再过去就是一望无际的南海了。

"就这,大约这一带,北纬十八度线以南,位于广东省海南行政区的崖县、陵水、乐东这一带。"

"噢噢噢!"我觉得那个地方离我们很遥远,也确实遥远,是个很陌生的地方。

健宽说:"爸,我们也想去那地方育种。"

"为什么要去那地方?"

"爸,这也是科学,那地方的独特热带气候,可以实现农作物的加代繁殖,让一个品种的育种周期缩短三分之一甚至一半。"

"能省下很多时间。"

"对,不止一点点时间。现在,我们最需要的就是时间,得抢时间，跟时间赛跑。"

"你有这样的计划？"

"早就有这想法了，人家很早就有人进驻那里了，玉米、西瓜、棉花等，都有很好的育种成就了。"

"那你跟上头打报告呀。"

健宽说："我早打了报告，可一直没下文，不知道批还是不批，一直拖着，可时间不等人。"

我了解他，他一定心急火燎，不是十万火急的事，他不会让我出面。毕竟他的将军父亲，出面说句话，人家怎么样都会考虑一下，但他不想让人觉得他什么事都依赖他的父亲。

我去找了下相关领导，把情况具体汇报了下。

领导说："哎呀呀，他们可能是忙，育种是农业生产百年大计呀，怎么能耽误了生产呢？"

问题终于解决了。健宽很高兴，他说他和他的团队早就做好了准备，九月一到，立即出发前往南繁。

一九七〇年　九月十五日　傅健宽

九月，我们这儿的天气依然像在伏天里，长江以南的地区嘛，这季节还是酷热难耐。

我们几个没人去过那个最南边的地方，只是从资料中了解一二。那是广东省海南行政区的几个沿海的县区，从地图上看，直线距离离湘东赣西这地方不远,但就像看山走死马,要到那儿也得花很长的时间。

绿皮火车车次不多,且要转上好几趟车,先是到湖南株洲,再到广西黎塘,再由黎塘转车至广东湛江。到了湛江还得转汽车到海安,到了海安,就得上渡轮了,得渡过琼州海峡到海口,再由海口坐汽车到崖县。

这么算下来,路上花费的时间最快也得一周,慢了则要八九天。

但无论如何,那个地方我们非常向往。

我读过相关的资料,了解了实际情况,做了最充分的准备。

我爸说:"你说你是在打前哨战,那让我和你们一起去吧。"

我笑着跟我爸说:"您在红军里可是一直做后勤工作,我想,您还是做老本行的好,我们需要您做后勤保障支持。"我不能直接拒绝他,但是那个地方的生活很艰苦,我们年轻些的人都顾虑重重,惴惴不安,谁能保证我爸的身体呢?我只能这么说。

实际上,我爸也读了相关的材料,他是知道南繁的实际情况的,但他们那种从战火中走出来的老革命,首先想的是冲锋在前,他们骨子里就有那么个劲,用现在的话说叫精神。但我爸快六十的人了,长征时挨饿受累,身体底子就不太好,近些年来因为我,或者说因为种子的事,没少操心费神,担心忧虑,再去那么个艰苦的地方,不只是我放心不下,奶奶和吴阿姨更放心不下。

我动员了我奶奶，还有吴阿姨和雨凤，甚至还利用了小孙子傅继良，大家一起来做我爸的工作。最后，似乎还真是孙子起了作用，那时继良正是他爷爷的掌中宝。我说："你爷爷要走了，你可能几个月甚至一年也见不到爷爷了。"

继良呜哇地号哭了起来。

"我不让爷爷走！"继良一边哭，一边扯着我爸不断叨叨这句话。

我爸无奈，挥挥手说："你们先去吧，若有机会，我再去。"

做了半个月的准备，我们动身了。

往南去的车次少，交通条件差，火车很挤，一票难求。

我没想到会有这么多人挤在一趟火车上，我们在站上等车时，就看带着大包小包的人拥在站台上，甚至还有人挑着箩。

好不容易听到了轰隆的声音，火车来了，却是趟货车，又来了，还是。我问站台上的工作人员，那人说："刚才不是通知了吗？那趟火车晚点了"。

火车站的高音喇叭很响，但因为太响，高分贝的声音在耳边环绕，反而不容易听清楚。

那趟火车终于来了。车门打开，到站的乘客艰难地下了车，也是大包小包。下车的人长长地舒了口气，看得出，他们如释重负。可是车下的人却很难挤上车，一些乘客不得不爬窗户，好在火车晚点，时间还来得及。

我们终于艰难地挤进了车厢，一股难闻的汗臭味充斥着车厢，虽然车窗车门已经全都打开，但没风，空气对流不那么通畅。

蓝湛说："傅老师，我去下厕所。"他这么一说，我也觉得有点儿憋，我说："我也想去下，你先去，你们要解手的先去，我看着东西。"

那些行李并不多，看资料，南繁那地方并不需要冬衣，也不需要棉被，他们说那里的气候是十个字，"四时皆是夏，一雨便成秋"，是个没有冬天的地方。

蓝湛几个苦着脸走了回来。

——车上厕所废了，当然不是坏了，是厕所里都挤满了人。全是人怎么用嘛？

有人说："站上有厕所，赶紧去！"

我们这才发现，先前下车的一些乘客并不是到站，而是去找厕所。

我们赶紧下车，解决了内急，但那天火车走了一天一夜，解手成了我们最大的问题，很多时候都一直憋着。等到站停车，赶紧下站找厕所。好在那时的慢车停车时间长，下站找厕所小解来得及。

蓝湛他们几个从来没坐过这种长途火车。我倒是坐过，我从昭萍多次去北京找专家找资料都是坐的火车。这次远行，我爸曾提议买卧铺票，但我惦记着衣兜里的那点儿经费，我们好几个人，卧铺票要花去不少钱，市里给我们的拨款有限，不得不一分钱掰成两份用。

我想到过这次长途坐硬座的艰难,却没想到会这么艰难。

就这样,我们一路上火车完了转汽车,汽车完了转渡轮,渡轮上了岸又转汽车,颠簸了整整七天,终于到达了南繁。那时是夜里,也没仔细打量周边的一切,倒头就睡了。

第二天起来,感觉像做梦一样。

跟前来看望我们的南繁同行说起这些天的艰辛,他们笑了,说我们算是很顺利了,十几天前,另一队从湖北来的制种队,在路上颠簸了十天才到。海南那地方,每年都有台风,九月也依然是台风高发期。这路湖北的同行,正好遇到了台风。他们到海安准备坐渡轮过海峡的时候,来了强台风,渡轮停运,不得不在徐闻县城等了四天。当时,整个徐闻县城都挤满了人,他们四个人只好住在一间没有完工的仓库里,没有床铺,就拿床席子睡在硬地上,商店里的饼干点心什么的也都卖光了,买碗面条都要排一两个小时的队,四人只好有上顿没下顿地挺了四天。

然后是住处。

我睁开眼,看见蓝湛他们几个在忙着整理屋子,那是我们租来的当地农家的屋子。

蓝湛说:"傅老师,你起床时小心碰到头。"

我看了看屋顶,倒是不至于碰到头,但确实很低矮。我想可能是因为当地穷,为省材料吧,但很快了解到并不是这回事。

原来这是为了防台风。海南台风频繁,这一带又靠近沿海,自古以来海南的民居都建得较为低矮,就是宗祠寺庙,都没法使其"恢宏"起来。据说台风来了，受风面大，屋顶都会被掀掉。

我觉得有些夸张，只是风大可能屋顶的瓦容易受损而已。

我想起来，应该赶紧给家里人打个电话，我爸和我奶奶一定整天寝食难安地惦记着我和我的团队。

南繁只有一部电话，我好不容易挂通了电话找到我爸。

我说："我们一切都好，平安无事。"

我爸在电话那头说："你发电报就行，最好是写信，长途电话费钱。"

我说："好的，下次有急事电报，没太急的事写信。"我没想到我爸会这么说，说实在的，我也想省下钱来用于正事。

我打完电话，就召集我的团队几个人开会，立即进入工作状态。

育种制种，刻不容缓。

一九七〇年　九月十五日　傅世合

健宽来了电话，我紧绷的心终于放松了下来。

此次健宽去南繁，也算是一次出征吧，虽然没我们当年那么艰苦。我们那时候何止是艰苦，每一场战斗都很惨烈，可谓九死一生。过雪山踏草地，那哪是挑战人类极限，那叫命悬一线。儿子的海南之行，虽说路途遥远，但远不是我们当年的那种出征，除了艰辛，还有艰险。

但我还是有些担心，也许是庆莲老在我耳边唠叨的缘故，使我也受了影响，直到儿子打来电话。

一九七〇年　九月二十六日　傅健宽

海南十八怪里说"三只老鼠一麻袋"，那肯定是夸张。其实是人们形容海南鼠患的严重程度。来之前，有人就告诉我，育种，不仅得面临一些自然灾害，就是老鼠、飞鸟也是我们的"敌人"。我那时没觉得有什么大不了，老鼠和鸟，哪地方没有？

可第一天夜里，那些老鼠就让我"另眼相看"。我和蓝湛算是胆子大点儿的，同来的韩起伟，二十刚出头，胆子小，说一晚上不敢睡，胆战心惊，毛骨悚然，没敢合眼还是小事，头发常常被吓得竖起来，浑身都起鸡皮疙瘩……

第二天白天，大家正在桌边吃饭，韩起伟"啊呀"地叫了一声。我们都看着韩起伟，他蒙着眼睛，往桌下什么地方指了指。我们往他指尖所指方向看去，一只大老鼠正肆无忌惮地在那儿吃大家吐出的鸡骨头。

在老家，看见过狗和猫在桌子底下觅食，有人吃了猪骨头、鸡骨头甚至鱼骨头或者什么的，丢桌下，狗呀猫的守在那儿，见有从桌上掉落的，一口就衔住了。可我们从没见过老鼠这么嚣张，有胆大的操起家伙追打，很快，那只老鼠就成了一团血糊。我们都一脸胜利者的欢笑，当地人就摇摇头笑了。

后来我们才知道，当地老鼠多得不计其数，这么打，人家也前赴后继。

再后来才知道海南鼠患的严重程度。

南繁基地，各类人马、各种育种都得防鼠和鸟。

虽然还没开展工作，关于南繁育种所要了解的一切，相关的同志都给我们上了一课。他们带我们去看了他们的种苗田。

比如水稻种苗田，从播种到收割，四个月，一百多天，每天都要派人值守。

防鸟防鼠，办法比较原始，却很管用。

假人、稻草人随处可见。

也悬挂各色"长幡"，就是将彩色蛇皮带或纸什么的，弄成长条挂在竹竿上插田里，风吹彩条晃动，惊骚鸟们。

还有声音。田边都有帐篷，有值守人员日夜轮班值守，备有铜锣、鞭炮、口哨。有鸟觊觎田里东西，时而敲锣，时而点燃鞭炮，锣声和爆竹声，还有尖利的口哨声响起，鸟就像撒出的豆豉一样，在远远近近的地方，落下又腾起，在周边地方盘旋。

防，当然不如治，但这一手不能用在鸟身上。鸟多是保护动物。再说即使是麻雀，属于害鸟还是益鸟尚很难说。下种时它们吃种子是害鸟无疑，但种苗长虫时它们又叨吃虫子，此时又是益鸟。所以，捕鸟、打鸟、毒鸟的事是严禁的，只能用那些笨办法。

但对待鼠患却不一样。

俗话说："过街老鼠，人人喊打。"就是说，对付老鼠可以"大开杀戒"。

对付鼠患有各种办法，自古以来大家都挖空心思绞尽脑汁对付这些老鼠，人鼠大战常常开打。尤其在南繁，我们育种，老鼠们把种子当美食。殊不知，一粒种子可能价值连城。老鼠当然不知道，于是肆意妄为。

得下狠手。

灭鼠方法有很多，这是门科学，这里面学问大了，一般可分为环境学灭鼠、物理学灭鼠、化学灭鼠、生物学灭鼠和生态学灭鼠等好多种。

环境学灭鼠就是创造一个老鼠不适宜生存的环境，断绝老鼠的食物，就能使一个地方的鼠量大大下降，并能使灭鼠成果容易得到巩固。但这在海南很难做到，海南那自然条件，不仅利于育种，也利于鼠类生长。反正在海南，各种动植物皆很适合生存。

然后是物理学灭鼠，也称器械灭鼠，有多种方式，包括捕鼠器，如鼠夹、鼠笼，也包括压、卡、关、夹、翻、灌、挖、粘等手段。

接下来是化学灭鼠，就是用各种毒药毒鼠，这方法虽然简单，但也有问题，容易使其他牲畜也中毒，尤其可能误伤到孩子，使用得特别谨慎。

生物学灭鼠，自古就有，主要是养猫，猫是老鼠的天敌，

南繁基地养有不少猫。

除这些常规的灭鼠办法外，还有些民间的办法，比如黎族、苗族等少数民族的，非常独特，也非常管用，尤其我们基地那些年轻人，觉得很新鲜很好玩。有时他们还彼此间进行竞赛。

比如找鼠洞。

这个其实有点儿难度，基地周边的坎上坡上到处都是洞洞，得认真仔细地找。查清鼠洞及其相通的洞口，这得靠些本事。都说狡兔三窟，其实老鼠也一样，看似一个洞口，其实却有其他好几个通道。把其余鼠洞都堵了，留一个通道布网，往洞里灌烟，老鼠往那通道奔逃，必被活捉。

再比如用水淹。

弄一口缸，就是家家都有的那种水缸。水缸里装上大半缸水，水面上撒一层谷壳，让谷子漂在水面上。面上是谷子，老鼠看不出缸内有水，会沿木棍或绳子爬上缸沿，一看，还以为是装满谷壳的大缸，于是它们就会跳入缸中，但跳下去就再也爬不出来了。

还有石膏治鼠。

把石膏粉掺在米粉里炒熟，再滴些香油，放于鼠窠边上和它们经常出没的地方，老鼠食后，会因口渴而出来寻水喝，你看那塘边、沟边、溪边，死鼠到处都是，那是石膏在老鼠肚子里膨胀，老鼠被活活胀死的。

毒鼠并不全是"毒鼠强"类鼠药，有些植物也有毒，如蜡梅根。

挖几节蜡梅根，同大米、玉米、麦子等和水煎熬，然后将这些煮熟的食物投放在老鼠出入的地方，老鼠吃后就死翘翘了。

还有黄豆和盐粒。是的，就是普通的黄豆和盐粒，这是从黎、苗少数民族朋友那学来的，他们自古就有一套独特的灭鼠办法。这个办法就是抓到公鼠后，往它们的屁眼里塞上黄豆，用线缝了再放走，老鼠回窠一开始没事，后来呢，黄豆在它们肚子里发胀，然后发芽，老鼠很快就痛得发疯，六亲不认，疯掉的老鼠狠性足，会咬死同窝的其他老鼠，没几天自己也一命呜呼了。若是往其阴囊里放上盐粒，放其回窠，效果也一样。

一九七〇年　十月七日　傅世合

孙子继良进幼儿园了，开始时哭闹了一阵，叫着他妈妈和我的名字，因为他出生后，我和他妈妈和他相处的时间最多。庆莲忙着家务，上有老下有小，管那么几张嘴吃饭都不容易，整天手忙脚乱的，很少有时间和精力关照她的孙子。

孙子继良，更没叫过他爸，他爸整天扑在育种事业上，很少和他在一起。

也不知道这回去了天涯海角，健宽想不想他的儿子。

今天，我收到了健宽走后的第一封信。

他在信里说："奶奶、爸、妈，你们好吗？我和小蓝他们来到南繁，一切都很好，已经开始工作了，请家里放心。这里的生活条件不错，勿挂念。继良上幼儿园了，应该不错吧，长胖了没？让他多吃饭……"

健宽的信不长，他到底还是提到了继良，比我预测的要好。

真正了解他们在南繁的真实情况，是通过蓝湛的来信。蓝湛是健宽的助手，实际上很多时候，他也成了我的助手，对我的感情也很深，他没叫我伯伯，也没叫我爷爷，他也不像大家那样叫我老革命或者老将军，他有他自己独特的叫法，管我叫——革命老先生。

蓝湛在信里说：

"革命老先生，我们经过一周的奔波，终于来到南繁。这里天蓝海蓝阳光灿烂，土地一年四季皆绿……我从没见过椰子树，这回看见了，还有沙滩，不像我们在老家看见的沙滩，我们那河岸的沙滩是黄沙，但这里海滩的沙却是白色的，他们说这不是沙，是几亿年来海底珊瑚风化成的细碎末末……蓝色的海，银色的海滩，然后就是椰树和仙人掌。如果从高空看，我想，沿着海岸线一定能形成三道彩色的环。这里还遍布各种南方的热带植物，真是个美丽的地方。但这地方很穷，也很落后，当地人倒很善良好客，也很单纯。天气很热，可是晚上却有海风，倒是立即凉爽了下来，比我们那地方好多了。我们那儿是桑拿天，屋里屋外一样热，是闷热，这里只是阳光下热，是炽热或者说炙热。可人置于阴凉处，没阳光的地方，就不感觉特别热。按说，这么个凉爽的夜里，我们至少能睡个好觉吧，却一直没睡好，不是天热的缘故,而是因为蚊子和老鼠什么的……

"革命老先生,你肯定不知道海南十八怪吧,我以前也没听人说过,就是听说过也没太当回事,以为是夸张。来这里才几天,就知道虽然夸张了点儿,但确实有些方面和我们那地方不一样。我就跟您一一说说吧。第一怪,'老太太上树比猴快',这里的妇女很勤劳,她们掌握了很多劳动技巧,其中之一就是摘槟榔和椰子,她们得会爬树。第二怪,'三个老鼠一麻袋',革命老先生,这里的老鼠确实又大又多,晚上在路上走着,不小心你就会踩到老鼠,而且这里的老鼠好像不怕人,傅老师跟我说,以后我们得对付这些家伙,它们是我们的敌人。第三怪,'三只蚊子一盘菜',这就有点儿夸张了,只是形容这里蚊子多,很厉害,真正的蚊子哪有那么大?第四怪,'三条蚂蟥一皮带',这也是夸张哟,但海南的蚂蟥确实厉害,说的不是田里的蚂蟥,田里的蚂蟥嘛,我们那也有,说的是山蚂蟥,黑颜色的,进大山深处,尤其是潮湿地带,不但数量多,个头还不小,不知道山上那些山蚂蟥是如何来的;当地人说山蚂蟥会飞,当然不会飞哟,是山蚂蟥附着在高处的枝叶间,你从那儿过,它们有感应,从高处掉下来,掉进你脖颈里,在你身上到处爬,还咬人,半天止不住血。第五怪,'蟑螂蚯蚓都是菜',也不是真正的蟑螂,是海蟑螂,一种形似蟑螂的海洋生物,可以食用;蚯蚓也不是我们通常说的蚯蚓,是海沙里长的,当地人叫沙虫,又叫海人参,学名方格星虫,又称为光裸星虫,它生长在沿海滩涂,因为对生长环境十分敏感，一旦污染，则不能成活，海南这地方沙虫很多，你就知道这地方环境没有被破坏，没有被污染。第六怪，'水果越臭越好卖'，这点丝毫没有夸张，这里的榴梿、菠萝蜜、杧果等著名水果在成熟前期和成熟后均有一股很臭的味儿，尤其榴梿，那更是奇臭无比，不过没有这种臭也就没有它们的香……

"革命老先生，海南的逸闻趣事，我以后慢慢跟您讲，还是汇报一下工作。

"南繁的同行们对我们的到来很支持。这里早就开始了育种，早在十几年前，一九五六年，中国玉米育种奠基人之一吴绍骙先生就尝试在南方育种，他利用我国南方冬季气候温暖，适于玉米生长的有利条件，进行加代选育。老一代专家提出了南繁加代理论，其后，辽宁、湖南、山东、河南、四川等省专家及技术人员也开始了对南繁育种的探索和实践。

"这些先行者，他们在南繁加代培育良种。'加代'两字，我知道革命老先生知道，但还有很多人不知道。比如通常情况下，玉米自交系加代需要六年才能稳定，但在南繁育种只需要三年，于是就有了个专有名词叫'加代'。其实，玉米、棉花、大豆、西瓜等在南繁育种早就开始了，水稻是南方的主要农作物，也应该跟进。

"同行们无私地帮助我们，调出最好的土地，也帮安排了食宿，一切都将开始，一切都会按部就班进行，革命老先生请您放心。

"好了，太晚了，今天就写这些……"

读了蓝湛的信，我才对那个叫南繁的地方稍有感知，儿子说得很少，也许他太忙了，也许他不想让家里人为他担心。

我是知道海南那地方的，我的老朋友，从井冈山一起并肩战斗出生入死的战友，当年参加了解放海南的战役，他从海南回来后，跟我们说过海南，他说的那些，让我们很惊讶。他说那地方真是蛮荒之地，瘴气遍布，草深林密，说那里的一切都处于原始状态。我后来才知道，战友说的是海南山区，新中国成立初期，山区确实是那么个落后状态，但沿海一带，还不至于那么落后。

我从没去过海南，我对海南的印象只有我的老战友口述的那么一点点。

我没把这些告诉我妈和庆莲、雨凤她们，我和健宽一样，提起这事，含糊其词。

这些天，我还有一事纠结，我妈生病了，住院了。我很担心她的身体，她已经是九十多岁的人了，风中残烛，说走就会随时走的，我真担心她这个时候撒手人寰。虽说九十多岁也算是高寿，寿终正寝，在乡间叫白喜事，可健宽去了远地方，才刚刚开始自己的工作，脱不开身呀。

第九章

和台风抢禾苗

一九七〇年　十一月十八日　傅健宽

　　一切和在昭萍时并没有多大区别，基地的那些同行们老说，这地方太阳很毒，太阳底下太热，如果吃不消就歇歇，别中暑了。其实他们不知道，我们出发时的江南仿若还没出伏，就算是立秋了，还有三十八个秋老虎，也是酷热难当。我们这些搞农业科学的，尤其是育种的技术人员，跟普通农民没什么两样，就是面朝黄土背朝天，干的就是苦活累活，这不算个事。

　　但台风却是个事。

　　给我们下马威的正是台风。

十一月，按说已经过了台风频发期，但那天我们却接到了基地气象组的通知，说一场台风正在南海海面形成，可能在崖县、陵水沿海一带登陆。我们知道台风，从书本上了解过，来之后，在南繁已经多年的同行们也跟我们细说过。在应对台风的会上，相关同志的脸绷得很紧，说台风残酷无情肆虐无度摧枯拉朽，得做好防风的准备，渔港上那些大小渔船都要回到港湾，我们也得做好应对台风的紧急工作。

那时候，种秧插入田中已经半个月了，长势喜人。南繁这地方还真的适合植物生长，在湘东赣西，即使是夏初，禾苗也没这么快的长势，这才十多天工夫，就一大蔸的了。

蓝湛说："哎呀，我们怎么这么倒霉呀，他们说这季节台风很少了，怎么我们一来，台风就跟了来。"

我说："服从基地的安排，做好防风工作。"

因为是百年不遇的强台风，重要的种苗得转移到高地。台风来时，常常有暴雨相伴，有时候好几天积水也退不了，以往就有种苗被水浸死的教训。

我们要做的工作，是在台风来临之前把全部杂交种苗转移，一根一根苗连泥巴挖起来，用盆、桶、门板运到山上，等台风过后，再移回原地。这些程序我们从来没有过，也就是说，这种工作我们从来没做过。就是真正的台风，也从来没经历过。我带着大家去做应对台风的工作，那时候，大家都竭尽全力，只怪我对台风没实质性的了解。原来台风真正到来前就是大雨，我们的准备工作还远远不够。我知道蓝湛他们几个够辛苦的了，我也累得眼睛发直，当然，我极力不让这一切表现出来。

那天暴雨倾盆，雨下得急，田里的水漫上来也很快。

尽管我们已经很努力了，但还是有一些苗没能及时救出，一旦水漫过苗顶，浸泡一些时候，种苗就死了。这可是珍贵的种苗呀，每一株都十分珍贵，所以每一株都必须保护好。

不远处有人在喊叫着。

蓝湛说："他们喊我们紧急撤离。"

"可这还有几十蔸种苗哩。"我说。

我没有走，一直在抠挖着禾蔸，那些禾苗，必须带着泥土才能保证其成活率。我们面前有一张门板，那些抠挖出来的带泥团的禾蔸，密密麻麻凌乱地摆放在那张门板上。

我们继续在暴雨中进行着抢捞种苗的工作，豆粒大的雨点打在田埂上，砸出一个个小小的坑，周边的一切都被雨幕遮掩了。雨当然和老家的一样，所以也没觉得有什么，可是风却变大了，我看到雨线开始歪斜了。因为雨大，积水迅速地涌涨起来，先前的禾苗还能见着叶子，很快，涨起来的水就没了禾苗的顶。

我继续用手在水底探摸，每一株都很珍贵，必须仔细。

蓝湛他们在喊着，已经声嘶力竭了。雨声风声把他们的声音掩盖住，我听不清他们在喊什么，但我知道他们在叫我赶紧离开，我觉得水里或许还有禾蔸，我不能漏掉一蔸。

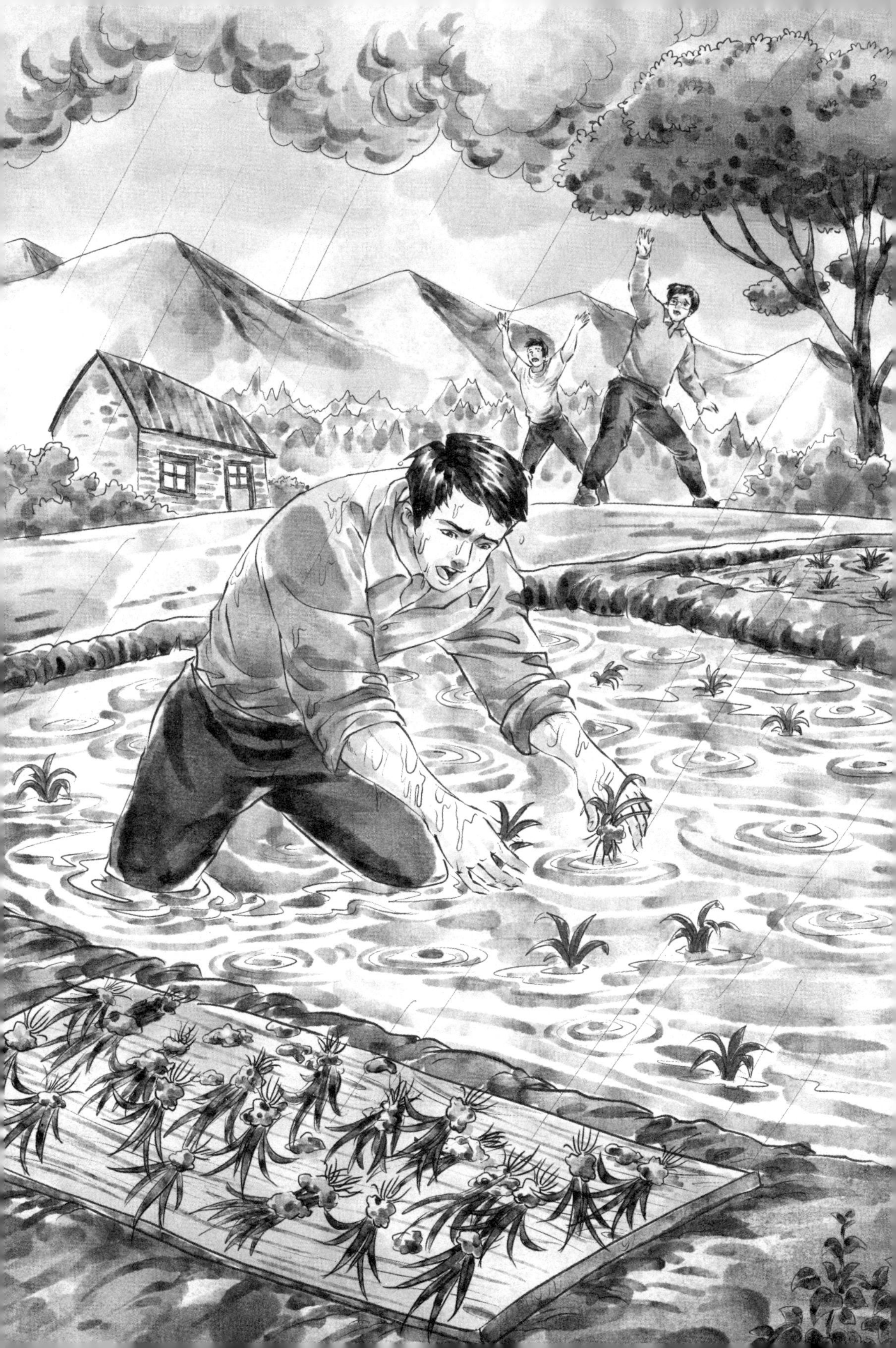

后来，是蓝湛他们几个把我拽着离开的。我们拼尽全力挣脱风的拉拽，艰难地走到了高处那废旧的库房里。我从来没想到台风会让人这么尴尬和狼狈。其实，那库房离田边才不到两百米，可我觉得比攀爬一段陡坡还艰难。

　　库房的地势较高，我们把种苗安置在那里，这样能确保积水淹不到。但风和雨却肆无忌惮猖獗无度，台风挟着暴雨实在可怕。躲在库房里，我觉得仿佛有一百只狼在周边狂啸，暴雨在这啸叫声里倾盆而下。我们从没见过这种铺天盖地的雨，仿佛一条河的水从天空中往下倾倒。仓库不远的树被刮倒了，很快，房顶也被掀翻了。

　　蓝湛突然"啊呀"了一声。

　　我说："怎么了？！"我是喊着跟他说的，我们说话只能喊着说，风太大，根本听不清。

　　"牛，光顾着救禾苗，牛还拴在那边的树上！"蓝湛也高声地喊着。

　　我们努力往那方向看去，那头牛早不在那棵树下了，拴牛的绳子在风中乱飞——绳子被风刮断了。

　　"牛呢？！"

　　"在那儿！"

　　"在哪儿？！"

　　"那不是吗？"

　　蓝湛指着一个方向，有一团黑糊在打着转，细看，果然是那头水牛。天哪，台风起着强烈的旋儿，竟然把那么大一头牛吹得像只陀螺，在那儿打着旋儿团团转，直到那头牛旋着旋着被大风卷入池塘，才终于停止打转。

台风的中心已经登陆，我眼看着那些树被连根拔起，树叶伴随一些纸片杂物及垃圾被掀上了天，漫天飞飘，简直就像世界末日来临。雨也不只是斜着下了，而是横着下。在我们那儿，从没见过这种雨，屋顶被掀了，门和窗更是被掀得荡然无存。雨从开着的门和窗户横扫而入，打在脸上身上，但现在也顾不得那么多了，只能任由风吹雨打了。那天夜里，站不是，坐不是，睡更不可能，就那么折腾了一夜。那一天台风的肆虐，让每个人都心存恐惧。但我还是惦着那些种苗，那些禾蔸是被放在了墙角，但还是怕雨打风吹。等到雨小了些，风小了些，我又担心屋里不通风，天太热，就那么放着禾蔸会沤烂。田里的积水还不知道何时才能退去，这么搁着，肯定不行。

我跟蓝湛他们几个说："雨小了些，得把它们转移到坪上去，摊开透风。"

蓝湛他们也觉得我说的有道理，于是我们又忙碌起来，把那些禾蔸放在那坪上，泥糊邋遢的。刚一忙完，肚子里突然咕噜了起来，我这才想起，从昨天午饭到现在，已经一天多没正经吃饭了，我们简单吃了点基地派人送来的饼干和矿泉水，勉强打发了肚子。

但我看着坪里那些泥糊，还是不放心，说："得清理下，不

085

然禾苑也不安全。"

蓝湛看着我,我知道他的意思,几个人已经精疲力尽,还没正经进食,睡眠当然更说不上,几乎一夜没合眼。我想,我得带头,我干,他们也得跟着干。

我说:"得保证种苗的成活率是不?"

我就在那把泥水和苗弄个分明,蓝湛他们看见我在干着,当然不敢懈怠,也都跟着在那儿清理。

很快,又有人加入了我们的队伍,是那几个给我们送饭送东西来的当地乡民。

他们说的当地话我们一个字也听不懂,但海南这地方到底是移民岛,本地人虽然说着本地的方言,但语言上他们也不排外,坚持学习普通话,虽然说得不是太标准,不是太好,但基本上能交流。

乡民说:"哎呀哎呀!你们先吃饭。"

我说:"我们晚些吃死不了,但这种苗处理晚了,说不定就死了。"

"这禾秧这么贵重?你们是种金子吗?"对方问。

我笑了,说:"你还真说对了,是种金子,说不定结出的稻谷比金子还重要。"

对方笑了,露着一口牙齿。

我想,我也没说错,自南繁十几年前成为育种基地后,很多农作物的育种已经产生了巨大的效益,用金钱是无法换算的。

虽然水稻育种起步比玉米、大豆、棉花等晚，但一旦成功，前景不可估量。

那几个当地人当然不相信我的话，他们觉得那是绝对不可能的。但他们似乎为我们的执着和认真感动，觉得应该帮帮我们，竟然和我们一起清理起禾苋来。这地方的乡民很淳朴，仍然保持了很传统原始的民风，助人为乐。

一九七〇年　十二月二十九日　傅世合

医生跟我说，我妈看来不行了。

我去医院看过我妈，其实她并没什么大病，身体一直不错，医生说是因为年纪大了，有些器官的功能在渐渐衰退，尤其到了冬天，寒冬腊月，对老人来说是个关卡，更是一个坎。

我妈躺在病床上，她鼻子和嘴巴都插了管子。她说不了话，眼睛也睁不开。不过眼睛虽然不能完全睁开，但她知道是谁来到她的身边，尤其是我，只要我一出现，她那双眼睛就睁得大些，虽说不了话，但嘴唇翕动着。我知道她想跟我说话，我凑过去，贴近她的耳朵，说："妈，你想要我干什么？"

我妈她没法说话，手臂伸出被子外面，我想给她塞回去，她拼命地摇头，一摇头，那些管子就动起来，弄得护士很紧张。

我妈把手臂又伸了出来，我没再塞，我看着我妈那只手。

我妈动着指头。

我把几个她至爱的亲人都叫到身边。我妈看着他们又轻轻摇头眨巴眼睛，我知道她想见的不是这些人。我把我爸的那瓷板画像也取了下来送到她面前，她依然轻轻摇头眨巴眼睛。我又把她珍爱的物件一件件找了出来，不厌其烦地弄到病房里来，她还是轻轻摇头眨巴眼睛。我突然想起，她是惦记她孙子健宽，她一把屎一把尿带大的孙子。我把健宽的照片举到我妈的眼前，她没再摇头，盯着孙子的照片，眼睛湿润了起来。

我就有了纠结。

庆莲和雨凤都找到我，她们抽泣着跟我说，老太太不肯闭眼哟，这可怎么办？她们说那么个困苦年代千辛万苦带大健宽，老太太的心情不难理解哟，他们相依为命那么多年……

我当然理解我妈，谁都能理解这事。我妈和健宽有感情，我妈弥留之际，希望再见孙子一面。可健宽在遥远的海南一个叫南繁的地方。不说那地方回来一趟要一周的时间，主要是这节骨眼上，他根本就抽不开身，就是真抽开身来了，他奶奶过世了，也要影响他很长一段时间，他们的重要工作肯定要受到影响。

前不久我才收到健宽和蓝湛的信。

健宽的信依然很短。

"……我们经历了一场台风，台风让我们受到了些损失，但不要担心……大家都很好，毛主席说：'下定决心，不怕牺牲，排除万难，去争取胜利。'……奶奶的身体怎么样？那天晚上我梦见她了……"

健宽在信里像往常一样问候了家人，但他专门提到这么一句，他也没说梦里他奶奶怎么样，他越是没说，我越是觉得在健宽的梦里我妈的情况不是太好，健宽是不是对他奶奶产生了第六感？

蓝湛的信也依然很长，说了很多。

"……我收到革命老先生的信了，很开心，您说让我继续介绍海南十八怪，其实我也觉得很新鲜，但近来我感触最深的却是台风，海南十八怪里却没提到台风，可能是因为台风很多地方都有，国外就不说了，我国的台湾呀，以及福建、浙江沿海都有。可对于我们内陆人来说，海南的台风真的很可怕。经历了可怕的台风，我们每个人都像经历了一场劫难，才从惊恐中走出来，实在没心情跟革命老先生继续说海南十八怪了，等以后再说吧。

"台风差点儿让我们前功尽弃，在老家，仲夏六七月间的时候才有暴雨，雷电交加，大雨倾盆，但那时禾已经长得差不多了，鲜见有秧插下田就遭遇雨冲水漫的，到了秋冬，老家哪有这样的暴雨？可这地方到十月了，仍然有台风。台风一来，似乎天上有一只巨手，想要毁灭地上的一切。有个词叫'翻江倒海'，我过去对其没太大印象，但在南繁经历了这场台风，还真的觉得这四个字用在台风身上很贴切。我们没在海边，后来居住在海边的农工告诉我们，台风掀起的浪足足有二十多米高。

"那天，我们几乎经历了生死劫，至少我们的种苗经历了生死劫。

"关于我们在台风中的细节，我就不向革命老先生多说了，不然您会很担心的。

"我跟您说说种苗转移的事吧。

"革命老先生，战争年代你们经常紧急转移，但您从没听说过为了种苗免遭灭顶之灾，在台风到来之前，要把田野的禾苑转移到安全地带去吧？他们说，风要是盯上你，能把一丘田的种苗旋到天上去，然后在别地方下禾苗雨。

"我当然知道龙卷风，我想，他们那么说是吓唬我们，海南是台风，不是龙卷风。

"也许我们没有经历过台风，根本没想到风会来得那么快那么猛烈，到大雨倾盆而下时，田里的禾苑还没有完全转移。

"傅老师说不能遗漏一株苗。

"我就不说风雨中的细节了……

"到底还是将那些禾苑转移到了安全地带。

"台风过去后，到处狼藉一片，傅老师最惦记的是种苗。人还没从台风的肆虐中回过神来，两天没正经吃过东西，身上湿衣服也没来得及换，受损的房屋、门窗、屋顶什么的也没来得及修理，傅老师就带着大家又从高处将那些种苗'移师'原处。其实就是又一次栽种，这次栽种要格外小心，工作量当然大。不仅要确保经过一次浩劫的种苗安然无恙地存活，而且得生长到各项指标都和以前一样。

"傅老师整天皱着眉头，因为'移师'田里的那些种苗他不放心呀！海南到十二月，太阳依然像炉火，头顶就像罩了只热烫的锅，我都不怎么敢出门，一到阳光下就如火燎一般，四下里的阳光不是黄的，而是白亮白亮的。傅老师几乎白天都在那丘田边，直到一个月后有一天，他确信台风并没有给种苗造成很大影响，绷着的脸这才松弛了许多。

"现在，田里的种苗正在大家的期待中茁壮成长。革命老先生，您就等着我们的好消息吧……"

我当然知道健宽一定会给我们带来好消息，但我眼下却接到了医院开出的病危通知。

我纠结了，我心里也很苦，一头是妈妈，一头是儿子的事业。

我到底咬了咬牙，没给南繁那边发电报，我跟庆莲和雨凤说以大局为重，不能把妈的事告诉健宽，就当什么也没有发生。

我妈离世时没有闭上那双眼睛。

一九七一年　一月二十日　傅继良

幼儿园早就放了假，今天是小年，妈妈说天要下雪，我就一直看着窗外，透过玻璃能看到外面的世界。小年到了，家家都挂起了红灯笼，也把门上窗上贴上了对联和窗花。不知道为什么，我们家没挂红灯笼也没贴对联。我想，是不是等我太奶

奶和我爸回来了，一起挂灯笼和贴对联呢？

　　街上很多人，人人脸上挂着笑，他们说着话，手里提着大包小包，我知道那是年货，到过年，家家都备了好吃的好玩的，还有新衣服和压岁钱。

　　可我一直没看到雪，也没看到我的太奶奶。妈妈说天要下雪，可我一直守望着天，天上还是没下雪。太奶奶也没回来，妈妈、奶奶跟我说，太奶奶出远门了，但就是出远门，过年总得回来吧？还有我爸爸，我已经很久没见到我爸爸了，妈妈说他在很远的地方工作，过年就会回来。邻居千千的爸爸已经回来了，但我爸爸和太奶奶一直没回来。

　　我问爷爷和奶奶，他们也说快了快了，可已经很久了，一直没见爸爸和太奶奶回来。

　　我问爷爷，爷爷总是别过头去；问奶奶，奶奶要哭的样子；妈妈呢，总说快回了快回了。

　　我想太奶奶了，也想爸爸了。

　　我还想着压岁钱……

　　还有几天就过年了，我喜欢那些爆竹声那些歌声笑声，喜欢大年初一爷爷领着我去拜年，给很多爷爷奶奶磕头，然后就有了压岁钱。

　　然后，我把那些压岁钱塞入我的那只存钱罐里，我常常摇晃那陶罐，我喜欢听硬币在里面跳动的响声。

　　可是爷爷跟我说："良良，今天我们去个好玩的地方。"

我当然很高兴，爷爷叫奶奶拿来新衣服给我穿上，还带了那只藤编的箱子。我看见辆吉普车停在我家小院门口，我想，有小车坐了哦，我开心得不得了，一直在家里和小院里来回跑，拿着我心爱的玩具。我不知道爷爷要带我们去哪儿，但那一定是个好玩的地方……

一九七一年　一月二十六日　傅世合

年三十这天爆竹响了几乎一个通宵，这一带自古就盛产烟花爆竹，烟花爆竹也一直是这里的主要产业。所以，这里的人燃放烟花爆竹也比别的地方更热烈。从小年开始，爆竹就断断续续地一直响着，时时提醒人们，年逼近了，要过年了。学校都放了假，男孩女孩都是一副欢天喜地的样子，在街巷里撒欢。男孩在巷子里疯跑，滚铁环，玩玻璃珠；女孩在院里跳橡皮筋，踢毽子。

我们是在一个很特殊的地方过的年，那段时间我纠结了一阵子，最终还是下了决心。我跟庆莲和雨凤商量，她们也觉得这么做很周全，毕竟是个特殊的春节。

小年那天，我给相关部门打了个电话，对方很吃惊："首长，我们一直为您安排疗养，可您一直拒绝，您说'我回来是做农民的，不是以前的将军了'。"

对方说得没错，按我这级别，每年国家都会安排去疗养院

疗养，可他们这些年做的安排，我都主动放弃了，从来没接受过，我说社会主义建设热火朝天，大家都忙，我哪有闲心疗养，再说，我觉得自己身体蛮好的，也不需要什么疗养呀！

可这回，对方在电话里有些吃惊。

"首长，大过年的哩。"

我说："过年不碍事的吧？可能要麻烦你们了。"

对方说："不碍事不碍事，首长！只是第一次听说有首长提出春节在疗养院过。因为过年疗养院大部分员工都放长假了，只有留守人员……"

我说："这没什么，我们一家人都有手有脚的，饭菜自己做，不必麻烦他们……"

小年那天，他们派了辆吉普车来接我们。

我们一家人在疗养院过的年。开头那几天，孙子继良还很亢奋，新鲜嘛，疗养院周边环境不错，有条小溪，然后是树林，满是田园风光。几天后，孙子继良就坐不住了，尤其年三十，我们虽然放了一挂爆竹，但哪有在镇子上那么热闹。继良听着远处持续的炮仗声挤眉眨眼，身心向往。正月初一，没看见有小孩子疯玩，继良很是失落。他一定想象着他的那些小伙伴穿着新衣服，跟着父母串门走亲戚拜年的场景。到了正月，正是孩子们高兴的日子，走亲戚拜年，口里叨叨着"万事顺意，长命百岁"，就有红包拿。

这个年过得很特殊，不仅因为儿子健宽没回来过年，也和我妈的去世有些关联。按我们这的规矩，家中有长辈去世，第一年的春节应闭门谢客，不能去亲朋好友家走动或拜年。正月里，从初一到初三都不能出门，不能参加喜事，传统观念新年里碰到戴重孝的人是不吉利的。当然，这是迷信的说法，现在正值"破四旧，立四新"的时候，按说不应该讲究这些，但我还是认为不走动的好，万一人家觉得晦气呢？

这就是我到疗养院"疗养"的原因。

可继良显然坐不住，谁都知道为什么。他和那些同龄男孩一样，渴望年节的热闹，外出疯玩疯耍，去亲戚家拜年，有红包搁口袋里。

正月里的那些日子，继良没哭没闹，只是白天老支棱着耳朵，那是在听炮仗的响声。他也常瞪着大大的眼睛往远处眺望，他想看些什么呢？是想看到那些同龄的伙伴在走亲串户地收压岁钱，还是他们的玩耍嬉闹？

人说，"从小看大，三岁看老"，我看继良对钱看得挺重，这让我们觉得有点儿奇怪。也没人教他呀，我们平常谈的都是先公后私，"狠斗私字一闪念"，继良应该是耳闻目睹的了呀？再说我们家也没啥大开销，生活保障方面钱也够用，怎么会让继良对压岁钱这么热衷呢？

我跟庆莲和雨凤商议过，今年各自都多给继良压岁钱，让他感觉没"亏"着。

这么一来，继良收到的压岁钱并不比往年少。

但他依然那么眺望。

我后来想,他还是在盼着他太奶奶和他爸爸。我心里很难受,继而就很纠结,要不要把真实情况告诉继良呢?

我到底忍住了,我说等过了这个年再说吧。

一九七一年　一月二十八日　傅健宽

被台风伤着的种苗终于长大结出了果实,还算不错,似乎没受到多大影响,收获了一些珍贵的种子。

前些天,大家商议了回家过年的事,我当然知道大家的心情,第一次出远门,且远在天涯海角,想回去过个年与家人团聚合情合理,但基地要有人留守,我还惦记着那些种子。

那天在会上我跟大家说:"来了三个多月,虽然经历了一些艰难困苦,但我们的汗水没白流,辛苦没白付,现在临近过年,你们都准备准备吧,回家过年,过个革命的年、胜利的年。"

他们说:"怎么你们,不是我们吗?"

我笑着跟他们说:"这回是你们,不是我们,这里要有人留守,这些种子放在这儿我也不放心。就是说,我留下来守家,你们回去过年!"

他们嚷嚷:"不行不行,傅老师,您年龄比我们大,您上有老下有小,都等着您回去团聚,我们中间选个留下吧。"

我很感激这些年轻同志,尤其蓝湛,怎么说都强烈要求自己留下来，我后来拉了脸，发了脾气，我说："这地方我说了算，我说你蓝湛还有个重要的事答应过我还没兑现哩。"

蓝湛扭过脸看着我，说："我什么事没兑现了？！"

我说："结婚！"

大家都笑了起来，蓝湛说："我当什么事哩，这不是板上的钉子，迟早的事嘛，邵春丽她一直在等我哩。"

他说的邵春丽是他的未婚妻。

有人说："蓝湛你以为呀，人是活人，又不是煮熟的鸭子飞不了，你可不能这么大意……"

蓝湛说："她还能往哪儿飞？"

但蓝湛他们到底让我说服了，他们腊月初八开始做回家过年的准备。

我当然也很想念我奶奶、我爸，还有雨凤和儿子，但我觉得我做出的决定没有错。我把他们送上汽车，自己坚持住在基地。但当地的乡民很热情，他们请我去村子里过年，我答应了。我们在这儿已经好几个月了，和当地人混得很熟了，农忙时，他们中有的也常过来做帮工。

我没想到海南这么偏远的地方，年味也这么浓，基本上我们老家有的一切，这里都有，而我们老家没保留的，这地方依然有。我后来发现，越是相对落后的地方中国的文化和传统保留得越是完善完美。

蓝湛来电话了，说回昭萍的第一天就上我家了，那天正好

097

过小年，他说他们一切都好，我奶奶、革命老先生、雨凤和继良一切都好。他说他过了正月十五就立即返回南繁。

我只是觉得我没回去，奶奶一定很失落，儿子也一定很失落，雨凤就更不用说了，我们已经好几个月没见了。

可没办法，公事私事，国家大事与个人私情，我还是掂得清的。

第十章

想要更高产的种子

一九七一年　二月二十日　傅世合

　　正月十六，也就是元宵节的第二天，我带着庆莲、雨凤和继良回到镇子上。正月十五过了，年也就算过完了。再说继良就要开学了，得做些准备。当然还有一个很重要的事——蓝湛要结婚，这可是大喜事呀！健宽没回来，我就代表他的老师了，也代表傅家。而且蓝湛要我做证婚人，他说："您是革命老先生，要为我们年轻一代证婚，我们是新一代红色接班人……"

　　我当然没法拒绝，蓝湛会说话，说得一套一套的，当然，他不说那么多，我也会参加，这孩子我很喜欢，跟着健宽做农业科学，兢兢业业，任劳任怨，早出晚归，风雨无阻，是个好苗子。

蓝湛的婚礼办得很隆重，这是我所希望的，蓝湛说，那是因为革命老先生的到来，才有如此的隆重。他说要谢谢我。我说："我是代表你的老师参加的，他在南繁回不来，你老师特别交代我了哟。"

新郎很开心，他端着酒杯在众人面前走了一回又一回，尤其总在我面前举杯。

我说："小蓝哟，你少喝点儿。"

"为什么？"

"你是新郎呀。"

蓝湛说："呀，革命老先生，正因为我是新郎，今天是我一生中最重要的日子，也是一生中最幸福的日子，尤其有革命老先生您做证婚人，您是老红军老革命呀，我和邵春丽是何等荣幸呀……"

我相信蓝湛的话，我知道他很希望他的健宽老师参加他们的婚礼，健宽也曾经答应过这对新人。可他出于工作的原因食言了，我能替他为这对新人的婚礼添光彩，我当然很高兴。

第二天，蓝湛携他的新娘邵春丽专门来看我，我知道他的意思——儿子没回家，我妈又过世了，他们夫妇想替他的老师来陪陪我。

蓝湛说："革命老先生，我继续跟您说说海南十八怪吧……"

我看见邵春丽在给他使眼色，可蓝湛却装作没看见，继续说着。

"上次信里我说到哪儿了？哦，想起来了，是说了六怪，我接着说第七怪。第七怪，'头上斗笠当锅盖'，海南人的斗笠做得真好，晴天戴雨天也戴，平常没锅盖，就用来当锅盖。第八怪，'蚂蚁树上把窝盖'，其实是北方人觉得怪，我们南方山里人不觉得有什么怪，我们这一带山里也有蚂蚁在树上筑窝的。第九怪，'牛头下雨牛尾晒'，那说的是海南一个叫牛岭的地方，那是南北分界线，海南的东线高速从那儿过，有条牛岭隧道，车进去时雨天，出来时晴天，所以说牛头下雨牛尾晒。第十怪，'青石板上煎鸡蛋'，那也不是太奇怪的事了，海南的日头大，直晒就像烤炉，在太阳底下的青石板上打个鸡蛋立即就熟了……"

蓝湛还想继续说，但邵春丽拉了拉他衣角，制止了他。

"哦哦，"蓝湛说，"还有八怪我就不说了，不说了，说些别的……"

蓝湛继续说着南繁的那些事，说他的健宽老师和同事们做的一切，说很快就会有大成果，他相信他们的努力。

"我过几天就过去那边，我不能让老师独自一人在那儿，那里还有许多事情要做。"蓝湛说。

我说："你们的婚假还没完哩，还是过了婚假再去吧。"

蓝湛说："我跟春丽商量好了，她跟我一起去南繁，去那儿继续婚假，"他转向新娘，"是吧，春丽。"

邵春丽点了点头。

蓝湛对邵春丽说:"我不会让你再出上次那样的事了,肯定不会的。"

我说:"什么事?"

蓝湛笑了笑:"不能说,说了怕她生气。"

邵春丽倒是大方,说:"你说嘛,那有什么!"

"那我说了哦。"蓝湛说。

"你说你说!"邵春丽说。

蓝湛就把那故事说了,说的是邵春丽第一回去南繁的事。事情发生在火车上,那时火车一如往常,非常拥挤,车厢里人挤人,厕所里也站满了人,厕所没法用,只能像往常一样进站下车如厕。那次邵春丽憋得难受,蓝湛只能劝她憋住。后来,好不容易火车进了站,车上乘客蜂拥下车找公厕。邵春丽也下车急切找厕所,但女厕所蹲位少,得排队。等她完事,火车已经开走了,蓝湛急得像热锅上的蚂蚁。蓝湛只好在下一站下车,赶紧返回找人。好在那些年,火车车次不多,邵春丽依然守在那儿。蓝湛以为邵春丽会失声大哭,会因此生气不来往了,但邵春丽没哭,更丝毫没退却。

我说:"春丽是个好孩子!"

这对新人告别时,说他们就要去南繁了,要带些什么给傅老师不。我说:"都准备好了,让其他几个年轻人捎去,毕竟你们新婚嘛。"

后来，蓝湛郑重其事地问我："那奶奶过世的事，要不要跟老师说？"

蓝湛还真把我问住了，我妈过世好几个月了，按中国传统，七七都过了，现在春节也过了，总不能老瞒着健宽。

我想了想，对蓝湛小两口说："你们不必跟你们的老师说，要说也是我自己跟他说。"

那天，我写了一封很长的信，托蓝湛带给健宽。

一九七一年　三月八日　傅健宽

蓝湛他们又回来了，我非常高兴。海南还真是一年皆夏，三月，在老家还是倒春寒肆虐的时候，在南繁已经得穿短裤短袖了。这么个好天气，是育种最好的时候。

我爸托人带来了许多东西，我最喜欢的是家乡的腊味，腊鱼、腊肉、腊鸡、腊鸭……那些烟熏得黑乎乎的东西，总是让我想起童年和少年，想起家乡，想起奶奶。

蓝湛递给我一封信，是我爸写来的，我立即觉得不妙。

我说："蓝湛，我家发生什么事了吗？"

蓝湛回避着我的目光。

我说："是我奶奶吗？她怎么了？！"我第一反应就是我奶奶。

我迅速地拆开信，很快就证实了我的预感和猜测。

蓝湛说："老师……"但他没把话全说出来，我知道他想说些安慰我的话，什么生老病死是自然规律，什么无疾而终是白喜事，什么寿终正寝是善果……但蓝湛没说，他知道说了也没用。我那时没看蓝湛，我也不知道蓝湛下一步会做什么。我爸的信不长，但我觉得每一个字都是对我最好的安慰。我不抱怨我爸、我妈及雨凤没及时告诉我奶奶病重的消息，我知道，如果告诉了我，那我更纠结难受。那时候正是育种的关键时期，回去，将耽误育种的最佳时间，不回，内心会觉得对不起一直含辛茹苦把我养大的奶奶。如今这样，也许是最佳的结果，我知道我爸他别无选择，我知道我爸也纠结无奈。

我忍住了流眼泪，我不想让我的情绪影响蓝湛他们，我跟蓝湛说："我们去种苗田里看看去。"

种苗一切正常，再有个把月就可以收割了。

我对这批稻种很有信心，但这还不是最好的优良品种，我心里没底，我觉得还需要更深层的探究和摸索。我一直在想，早在二十世纪二十年代，美国人就发现了水稻的杂种优势；一九二六年，"中国稻作之父"丁颖在广东发现了野生稻，但由于各种原因，他的研究被迫停滞。二战后，世界各国科学家进行了长期的努力，美国、日本、苏联、印度、菲律宾等国家都先于中国开始了杂交水稻的研究，提出了多种基于雄性不育来实现水稻杂交技术的路线，但他们都未能成功实现三系配套，更未能将研究付诸实际生产，没有实现实质性的突破。

很多人放弃了研究，甚至否定了杂交水稻的可行性。

我们这一代新中国的育种人呢？能不能培育出杂交水稻，把这项科学技术推向实用？也就是培育出适合大面积种植、推广的杂交水稻种子，造福于人类。

我确实不止一次梦见在水稻下乘凉，那些禾苗在我眼前蹿长，叶很宽，秆很大。叶像无数绿色的扁舟，禾秆如毛竹，谷粒一颗颗像橄榄球那么大，谷穗低垂。梦里，我站在那蔸禾下乘凉，风吹过来，吹动了那巨大谷穗，谷穗摇晃着，触碰了我的额头，我闻到一种沁香，伸手掰下谷粒，剥了那壳，谷粒变成了米粒，一团巨大的洁白如雪的米粒被我捧在手心里……我欣喜若狂，笑醒了。

我一直相信那梦会成为现实，那一切唾手可得。

我爸托蓝湛带给我的包裹里，有一张奶奶的遗像，我明白我爸的意思，我做了个相框，把奶奶那张遗像框好，挂在我那间屋子里。

从那天起，我每天都能看见奶奶。每天清早出门时，我好像总听到奶奶经常对我说的那句话：树要长高，人要向前。

奶奶没太多文化，但小时候就总在我耳边说这么句话，话很朴实，鼓励我往前走，一直进步。

我每天也会跟墙上的奶奶默默地说上几句，我总想告诉奶奶一些新鲜的事情或者重大的发现，让奶奶和我们一起，喜出望外。

蓝湛回来后，更是干劲十足，新婚宴尔让他更像是上足了发条的钟表，精神十足地前进着。

他跟我有过一次对话。

蓝湛说："老师，那年我们在稻田里找到一棵天然杂交稻，穗大，籽粒饱满。"

我说："是呀，很幸运。"

蓝湛说："我在想，天然的杂交稻在乡间农田里一定很多，只是一般人难以发现。我也在想，老师当初肯定认为既然有天然杂交稻，那么自然界一定存在天然雄性不育水稻，只不过它只能依靠外来花粉授精结实，但是完全可以具有杂种优势。"

我说："我当时就是那么想的。我那时推算了一下，如果用这种杂交水稻做种子，水稻亩产量就会上千斤。"

蓝湛说："当时，水稻最高亩产也不过五六百斤。"

我说："亩产千斤是我当时最大的愿望。"

蓝湛说："为此，你冒着炎炎烈日，在稻田里拿着放大镜，弓着腰，翻检十几万根稻穗，希望从中找出一株特殊的雄性不育株……"

我看着蓝湛，说："你怎么扯起这些？"

蓝湛说："我相信还有更好的杂交水稻，更高产的种子。"

我说："当然有呀，大家不都朝着这方面在努力吗？"

基地需要大量的劳动力，就是场工。我突然想到家乡，老家田少人多，且有种水稻的能人。老家人自古吃苦耐劳。这次蓝湛他们回去过年，我让他们动员一些同乡的男青年来南繁，没想到很多人报名。

蓝湛带了家乡的十个年轻人来，我很高兴。我想，他们一定能做好我的帮手。

这些天，我忙着给他们上课，育种不是普通的农活，光凭力气还不够，得要掌握相应的知识。

今天，我给他们讲"三系"和"杂交"。

那间小会议室成了教室，坐了十几个人，有些挤。三月份还可以，一入四月，海南这地方就酷暑难当了，坐这肯定不行。现在刚过惊蛰，海风还很凉爽。

我说："我今天跟大家讲三系法和杂交，所谓三系法就是培养水稻种子的三个系列，不育系、保持系、恢复系。"

那些年轻人学得很认真，我在黑板上写了"不育系"三字。

"我先讲第一系，也就是水稻雄性不育系，其自身花器中，雌性器官发育正常，雄性器官发育不完善，不能形成正常的花粉，因而不能自身繁殖，需要借助外来水稻花粉才能结出种子。"

接着，我又在黑板上写了三个字：保持系。

我说："由于水稻不育系本身的花粉是不育的，自交不结实，不能通过自花传粉繁衍具有不育特性的后代，必须要有一个正常可育的特定品种给不育系授粉并能结果，使不育系的后代仍保持其雄性不育的性状，这种能使不育系性状一代一代保持下去的特定父本品种，称为雄性不育保持系。"

然后，黑板上又多了另外三个字：恢复系。

我说:"……恢复系重在'恢复'两字,即水稻雄性不育恢复系,是指某一品系与不育系杂交后可使子代恢复雄性可育特征,就是能自交结实。用基因型为 RR 的品种作父本,与基因型为 rr 的雄性不育系杂交,才能使后代恢复可育性。"

再然后,我在黑板上写下六个字:三系杂交水稻。

我说:"三系杂交水稻就是不育系、保持系和恢复系三系配套育种,不育系为生产大量杂交种子提供了可能性,借助保持系来繁殖不育系,使不育性性状稳定遗传,用恢复系给不育系授粉来生产有优势的杂交稻种子。"

我用教鞭敲着黑板上的"杂交"两字,说:"请大家注意'杂交'两字……"

我说:"杂交的首要任务是找到一株不育的野生稻,就是雄蕊没有花粉或者花粉太少不足以让雌蕊'受孕'的野生稻,然后用人类栽培稻的雄蕊花粉与野生稻的雌蕊结合,它们的'儿子'就是人们要找的杂交水稻。"

我看见大家瞪大了眼睛,嘴半张着。

我说:"你们听懂了没?"

那些年轻人沉默了会儿,有人先摇了摇头,接着全都摇了摇头。

他们听了半天,还是云里雾里,我那时才突然想到,我不是在给我的技术员们讲课,或者给相关的农学院的学生上课,我面对的是对种子专业一无所知的年轻人。我拍了一下我的前额，哑然失笑。我有了惯性，我有点儿太着急了。

我笑了笑，说："怪我，我以为你们是我助手哩。"

几个年轻人说："是呀，我们是你的助手，怎么不是？不是我们来这地方做什么？"

我又说错话了，近来我是怎么了？

我说："是的是的，你们都是我的助手，我请你们来帮我忙的，不是吗？"

"我满脑壳都是育种的事，一心想着这事，有些事就糊涂了哩，老是有些神经错乱的。"我说。

"我太急了点儿，我知道你们是我的好助手，你们也爱学习，也爱科学，今后晚上我给你们上课，每天讲点儿育种知识。"

说完，大片的掌声响起，场面有些热烈。

我笑了笑，大家也都笑了，我觉得这挺好。

第十一章

杂交水稻，我们成功了

一九七一年　五月九日　傅健宽

我去了趟广州，去农学院找一位专家请教一些问题，另外购置些基地需要的设备。

我回来的时候，看见蓝湛早早地站在通往基地的道口迎接我，我愣了一下，觉得有些诧异。

蓝湛脸上挂着笑，很灿烂，我似乎从没看见他那么笑过。

我说："蓝湛，有什么喜事？"

他说"有喜事，有喜事！我在这迎候你，就是想更早让你知道这特大喜事。"

说完，他扯了我就往种苗田那边跑。

我说："你得等我把行李放下来吧。"

他说："你丢那儿，一会儿让他们帮你拿回去。"

我说："有这么急吗？火烧眉毛了一样。"

他说："不是急……"

我说："不是急是什么？"

他说："那也算是急吧，急着让你知道，急着让你开心。"

后来，我就看见种苗田一角的那株青苗了，我第一感觉就知道蓝湛拉我来看的就是那株青苗。

果然，蓝湛喘着气，指着那株青苗对我说："你看看，老师你看看。"

我看见了，并且认出那是一株野生稻，虽然野生稻和水稻苗株看起来没什么大的区别，但我却一眼就看出来了。

"野生稻？！"我说。

"是的，老师，我找到了一株雄性败育的野生稻。"

蓝湛很兴奋，我理解他的兴奋，其实我也很兴奋，但我控制住了我的情绪。也许这么一株"野败"，就是整个水稻制种一个质和量的飞跃，标志着一个时代的进步。

我听着蓝湛讲述发现这株野生稻的过程。

那天，当地农场的一位姓何的年轻技术员说他好像发现有野生稻，蓝湛有些质疑这里是否真有野生稻。技术员小何说："我也不知道那地方长着的是不是野生稻。"蓝湛就说："先去看看再

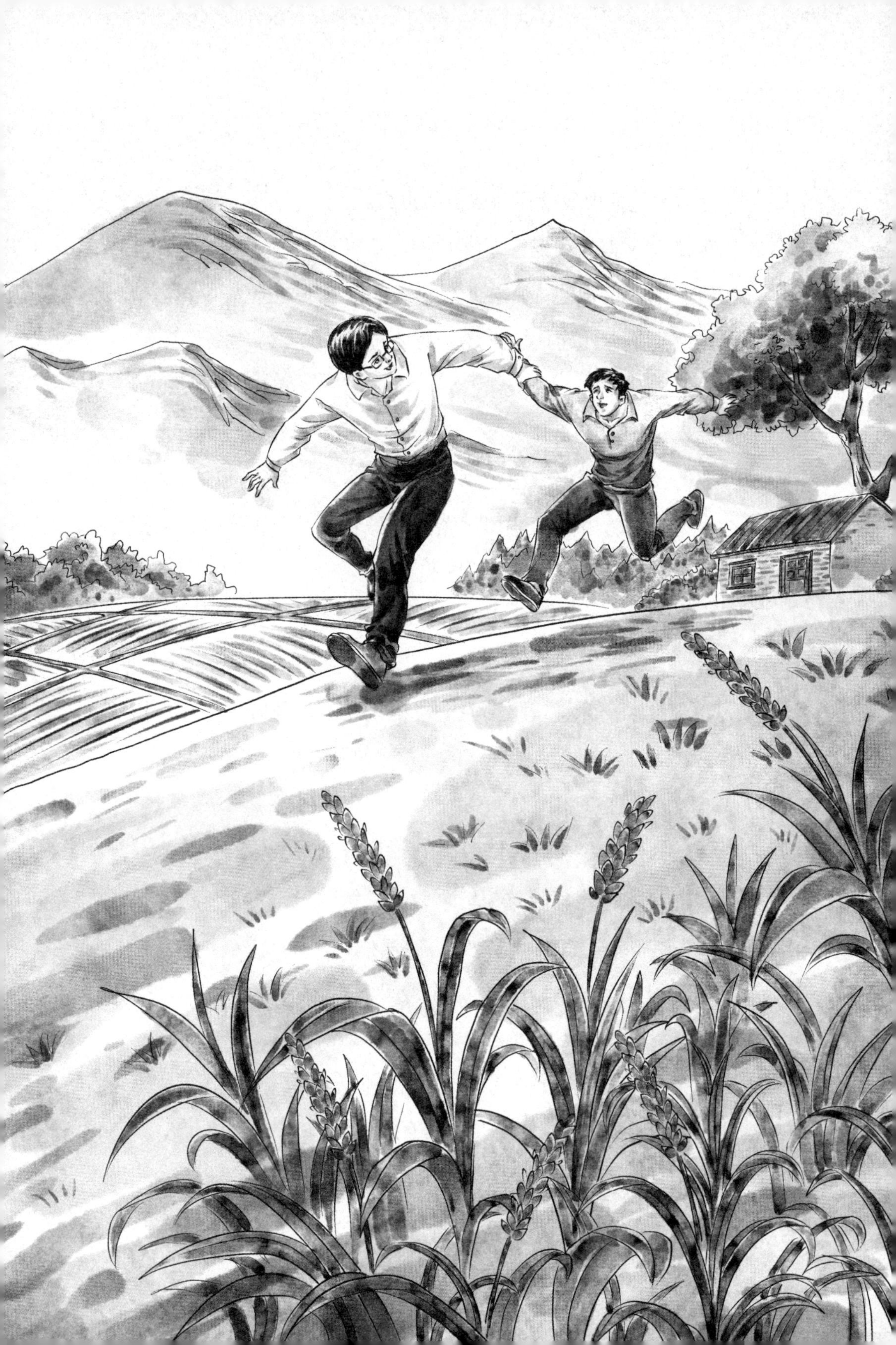

说吧。"蓝湛虽然有些半信半疑，但也觉得有必要去看个究竟。

"那地方很荒僻，不通公路，小何找来一辆牛车，我们两个人赶着头牛，坐着牛车晃荡到那地方。那是一个水塘，长满了各种植物。一条日本人占领海南时修建的铁路从那穿过。小何领着我，劈开杂草灌木，走到水塘的一角。小何指着那边，我看到一些看似杂草的'草'正在开花。小何说这就是野生稻。我很兴奋，我们两个站在水塘边仔细观察了一会儿，我突然发现约二十米开外，那一株明显与其他的苗株不一样，别的开的花是鲜黄色的，那一株的花却是白色的。我很兴奋，跳下水就往那地方蹚去，小何忙说：'这草丛里有蛇和蚂蟥。'

"'管不了那么多了！'我说完，不停留地蹚着浊水和烂泥走到那株苗前。

"我端详着，细致地观察了很久，那花确实很像之前观察到的雄性不育颖花。我断定那是雄性不育野生稻！你想不到我当时多兴奋，我和小何顺着茎秆向下摸，发现三枝茎秆竟长在一个禾蔸上，这是同株而不同的分蘖。我和小何两个小心翼翼地挖起这株野生稻的禾蔸，连蔸包了泥弄回基地，就把它栽种在这试验田里了。连着几天，我一早起来就往那田里跑，移回来的那株稻活了，还挂着几朵未开放的花，我摘取了几朵，带回住地用显微镜检查花粉的育性情况。结果证实，有花粉，全是败育的，证明这株是花粉败育型不育材料野生稻。"蓝湛一口气不停说着，无比兴奋。

我当然也心花怒放，一般人不知道这个发现的重大意义，我和蓝湛当然知道：也许会在水稻育种方面开创一个前所未有的新天地。

那些天，我和蓝湛将所有的精力和心思都放在了那株野生稻上。蓝湛告诉我，兴许是他和小何在挖抠和搬运的过程中让这株野生稻的根部受了损伤，这株野生稻第二天没有开花，第三天虽然开始开花，但不集中。但只要野生稻一有花开，蓝湛就给它做杂交，连续四天，共给六十多朵花做了杂交。

但授粉后的野生稻花因大风、鸟害、鼠害，还有落粒等因素，最终仅收获五粒种子。

但这是极其珍贵的五颗珠宝。

一九七二年　三月一十九日　傅健宽

在水稻育种方面，有一个专有名词叫"野败"，摊了个"失败"的"败"字。很多人初次接触这个词，觉得"败"字很碍眼，也显得不吉利。可我是老党员，国家培养的科技人员，我当然不信那个。

"败"其实有双重含义，一是雄性败育稻。雄性败育稻就是水稻雄性不育系，这是一类特殊的水稻类型，其自身花器中，雄性器官发育不完善，不能形成花粉，因而不能自身繁殖，需要完全借助外来水稻花粉才能结出种子。用不育系与保持系杂交，就是前者接受后者的花粉，得出的种子下代种植仍然是不育系。用不育系与恢复系杂交，前者接受后者的花粉，得出的种子就是一般意义上的杂交稻种子，也就是农民大面积生产使用的种子。"野败"型不育系，花药败育彻底，更利于制种，制出的杂交稻种纯度较高。

"败"的另一种含义，那就是"稗"了。种植水稻的农人，最烦的就是这个"稗"了。

"稗"在字典中的意思是：一种一年生草本植物，稗子和稻子外形极为相似，稗子叶片毛涩，颜色较浅。稗子长在稻田里，长在沼泽、沟渠旁，以及低洼荒地。稗子与稻麦共同吸收田里养分，因此稗子是稻麦田里的恶性杂草，"败家子"中的"败"就是稗字演变过来的。稗子同时也是饲养马、牛、羊等的一种好原料，营养价值也较高，根及幼苗可药用，能止血，主治创伤出血；茎叶纤维可做造纸原料。稗子是水稻的祖先，经过人类的影响进化成了水稻。

"稗"和"败"同音，人们通常骂不孝后人为"败家子"，其实原话是"稗家子"三字。稗子自古在人们心目中就是贬义词，于是人们把好吃懒做、坐享其成等啃老败家的人叫"稗家子"。

很多人未曾想到，被人鄙视的卑微的稗子，却是稻子的祖先。

更未曾想到，震惊全世界的发现，将可能从一株"野败"开始。

有了那五粒种子，我和蓝湛便选取了不同品种的水稻与"野败"杂交，人工对数百朵花进行异株授粉。

经过不断尝试、筛选，最终，我们获得了四十八粒种子。

我带着这四十八粒种子，回到了家乡昭萍。种子培育出来，最终的目的还是推广，科研成果，要转化为实际效益。

我跟大家讲解育种知识时常常说到一个常识：用不育系与恢复系杂交，前者接受后者的花粉，得出的种子就是一般意义上的杂交稻种子，也就是农民大面积生产使用的种子。

我回到昭萍，要做的就是这么一件事。

开春，我们挑选了块好田，精耕细作，把这四十八粒种子满是期待地播下田。我和蓝湛那些天心里只惦记那四十八粒稻种，每天一早，就跑到田边观望。

蓝湛和我有些急切，但那些天的早晨，我们总是一脸的失望。

那四十八粒稻种下了田，整整一周毫无动静。

"坏了！这很有可能是种子烂了。"蓝湛说。

我心急如焚，寝食难安。

第八天一早，我和蓝湛又去了试验田，可是那里依然没个动静。蓝湛看看我，我也看看蓝湛，都皱着眉头。我从泥里找出一粒，捏了捏，还是硬的！这说明种子是好的。我们赶快一粒一粒小心翼翼地把其余四十七粒种子全部挖出来。

问题出在哪儿呢？我翻阅资料，四处咨询，也闭门思考，终于找到了问题的症结：带有野生亲缘的杂交后代种子可能休眠期较长，须进行变温处理，打破休眠期。

我请教当地有经验的老农，老农说试试用牛粪堆催芽，我想，这很有道理，牛粪发酵会产生一定热量。我那么做了，结果还是不行。我想了想，牛粪虽然发酵后会产生热量，但不持久，对普通的稻种催芽可能有作用，但对休眠期相对长的杂交种子作用不大。

要是有恒温箱就好了，可我们没有。

我查了一些书，书上说，人的体温是恒温，只能试试这种最"笨"的方法了。

我和蓝湛将种子一粒粒洗干净，用湿润的药棉裹紧，再用塑料袋包好，放进自己贴身的内衣口袋里，希望能用体温助力稻种发芽。我们就这样，种子白天晚上不离身，用自己的体温一直温暖着种子，日夜相伴。夜里睡觉，不敢翻身，生怕对种子有什么影响。

两天、三天……胚尖慢慢地鼓了起来。我和蓝湛眉开眼笑，后来就欣喜若狂。四十八粒种子得到我们体温的帮助，七天七夜之后，长出了绿色的芽。

一九七二年　四月十日　傅世合

今年，儿子健宽和蓝湛在昭萍过的年，看见健宽时，他瘦了有一圈。先前健宽的体重是一百四十多斤，那天我让他过下秤，才九十七斤。人人看见健宽，一时都认不出来，认出时，都说"你啥时变成了非洲人"？

他们是为推广杂交种子回的老家。一开春就看见他们忙碌起来。

我说:"健宽呀,这么多年,你们应该有所收获了。"

健宽说:"爸,这次回来,我和蓝湛他们几个把在南繁培育的种子带回来了,我们想让良种进入实际种植中。"

健宽给我讲"野败",讲不育系育种,还讲了"三系"什么的,我当然听得云里雾里,但我从儿子的口气中觉得,他们应该离成功很近很近了。

那些天,健宽和蓝湛老往那块田里跑,他说他们带来的四十八粒杂交稻种已经全部撒到田里了。

那几天,我从健宽和蓝湛的脸色上看出不妙,但我没问,我仔细观察着他们,我相信他们能成功。这很奇怪,即使健宽和蓝湛愁眉苦脸,我也觉得事情的结局很乐观。

那天,健宽把那四十多粒种子从田里取了出来。他跟我说:"可能杂交的稻种休眠期比一般的种子长,得要有恒定的温度打破种子的休眠期。"

我知道健宽他们需要个恒温箱,我问过整个昭萍,都没有这种设备,邻近的矿山也没有。我打电话给在省城工作的战友,也是老红军,觉得他们总归有办法。他们回答说,那种设备只有科学院有,但不外借,而且那些部门自己都不够用。这些消息打消了我求援的念头。

我看着儿子和他的助手纠结着急,心里也很着急。

那天庆莲找到我,我看见老伴脸色有点儿不对头。

庆莲说:"你看没看见健宽这几天脸绷得紧紧的?"

我说:"当然看见了,他饭也吃得少了,端了碗像没什么食欲,他心里有事,吃不下。"

庆莲说:"那倒没个什么哟,你没见今天他的样子?"

我说:"什么样子?"

庆莲说:"人怪怪的,走路都不像往常了。"

我说:"胡说!有这事?"

"你自己看嘛,一会儿他回来你自己看就是。"庆莲说。

我没等健宽回来,我自己去找的他。健宽和蓝湛他们在跟几个人商量着什么事情,我仔细看了看,健宽的动作确实不同往常,走路弓着腰,双臂抱着,好像护着身上的什么东西。不仅健宽,我看见蓝湛也和他老师一样。

我说:"健宽,你和蓝湛怎么了?"

健宽说:"爸,你说什么?"

我说:"你看你们两个的样子,什么时候你们变成这么个样子了?畏畏缩缩的。"

蓝湛扑哧笑了一下,健宽也那么笑了下。

蓝湛这才告诉我那个"秘密"。没有恒温箱,他们想来想去,绞尽脑汁,想出人的身体不就是恒温的吗?三十多摄氏度,完全是适合谷种催芽的温度。他们就做了一些小包,每个包里放几粒种子,把四十八粒种子分绑在健宽和蓝湛的腰上。

我觉得健宽他们真的不容易,为了能培育研发杂交稻种,什么办法都想尽了。我想象着种子在他们身上的情形，白天都得小心着，晚上睡觉更是小心翼翼。

我说："原来如此，你们这样子让大家看了别扭，不明真相的旁人，还嘀咕这师徒两人怎么了。"

健宽说："真顾不了那么多，只要那些杂交种子能发芽，让我们干什么都行。"

贴身的地方多了个东西，人当然老觉得别扭，何况种子绑在身上，还得小心地保持给予温度，所以他们弓腰抱臂。

我先是惊愕，后有些感动，我把这真相告诉了庆莲，庆莲竟然落下了泪，她在角落里擦了好一会儿眼睛。

两个男人就在这种"窝囊"着的怪异姿态中过了七天。第八天，健宽脸上挂着笑跟我说："爸，成功了！"

那天，健宽和蓝湛把发了芽的种子安置到田里。

之后，他们两个立马去洗了个澡，在屋里痛痛快快地睡了一觉。我叫庆莲去街上剁了几斤肉。虽然肉票已经用完了，但我还是找到相关的同志——老革命多少有点儿照顾，我很少有这种要求，但那天破例找到相关部门说明了情况，请他们额外给了我几张肉票。

我说我们得庆贺一下，健宽说万里长征才迈出第一步。

我问蓝湛："这一步多大？"

蓝湛说："这是关键的一步，开弓没有回头箭。"

我说："是的是的，但后面……"

蓝湛说:"知道吗?这四十八粒经变温处理打破休眠期的杂交稻种,标志着敲开了我国杂交水稻三系配套的大门。"

我说:"哎呀哎呀!"

蓝湛说:"我用两个成语来形容一下吧,一是迎刃而解,二是势如破竹。"

其实,蓝湛这话说起来轻松,但我知道,背后是健宽他们上千次试验的结果,不容易啊。

我们很开心,那天庆莲充分发挥了她的厨艺,本来她做饭就有两手,那天格外用心,加上大家心情极好,那味道就完全不一样了。

健宽说:"再过几个月,这批稻种就成熟了。我想再带一些家乡的人去南繁,这批杂交种子试种成功,南繁那边要进行加代培育,需要更多的场工。"

我说:"这事我去跟公社和市里协调,昭萍田少人多,劳动力剩余,应该问题不大。"

儿子说的"加代",也是一个育种方面的专有名词。我翻过词典,是这么解释的:因气候原因,把一些种子在冬季拿到我国南方亚热带或热带地区进行繁殖和选育的方法。这样一年可繁育二至三代,加速育种过程,缩短育种年限,且能鉴定育种材料的抗病性及对湿和光的反应等,提高竞争力。

这些天,健宽和蓝湛一直喜笑颜开,我从他们脸上读懂了:这四十八粒杂交种子带来的一定是巨大的成果。

第十二章

一家人去了南繁

一九七五年　九月六日　傅世合

继良很少谈论他的爸爸，尽管后来健宽每年春节都会回来过年，一家人其乐融融，但看得出继良很难和他爸爸在许多事情上有父子默契，情感上当然不至于格格不入水火不容，但总是不那么融洽。

我想起最初我从新疆回来，和健宽也曾经有段时期这样。可是后来，一切就都正常了，想想，只要目标和理想一致，一切都好说。

我一直关注继良的成绩，他在班上都是前三，成绩比较稳定。

继良爱看书，能找到的书他都能看下去。

　　我知道健宽一直想让他儿子子承父业，但继良似乎更喜欢文学。他总是在纸上涂涂画画，他说他是在写诗，可从来不给我和他爸看，当然，我和他奶奶他妈妈也从来没要求过，一个二年级的孩子，能写什么诗？可是语文老师总夸继良作文写得好，对这，我也不以为意，继良才读二年级，作文还看不出什么好坏来。

　　健宽在家也待不了多久，一般是五月回来，那时的国内各地都已经转暖，海南的气候优势于育种已不明显。从五月待到九月，九月以后，秋风一起，气候就往寒冷里走，由秋风肃杀到白露凝霜，继而冰天雪地。九月一到，育种人都备了行囊，像大雁，准备往南飞。

　　南繁人必须赶去南繁，那是育种最好的季节。

　　九月，也是孩子们进入新学年的时候。

　　暑假中有一天，健宽和雨凤找到我。

　　"爸，我们跟您商量个事。"他们这么说。

　　我觉得不是一般的事，我想他们肯定有重要事情找我，我说："你们说，你们说！"

　　他们就说了，说雨凤决定去南繁了。

　　我没吱声，我也没让表情表露出我的内心，我侧了耳听他俩继续说。

　　雨凤说："健宽在那没人照顾，人瘦多了，也黑成了一截炭。"

健宽在那儿确实辛苦，没人照顾，确实是瘦了，但黑了并不是身体不好的表现，海南那地方，一年皆夏，紫外线强，健宽他们育种，很多时候都是在田间工作，太阳暴晒，肯定皮肤黝黑。蓝湛他们谁不黑？

健宽说："南繁那地方，在崖县一带，崖县过去叫崖州，古崖州多少有些名气。崖州从南朝梁开始置县，隋朝改名为珠崖郡，在宋明又几度易名，从唐朝起，便为历代流放臣子之地，许多名臣曾流放至此，当年鉴真东渡时也曾暂留于此。现在崖州成了一个公社……"

我看着他俩，没有说话。

健宽说："那地方的教育很落后，再说，新一代的南繁人也在那成家了，生儿育女，也得有好的教育呀。"

我听明白了他们的意思，他们是想让雨凤和健宽一起去南繁。于公，是为了加强那地方的教育；于私，是要照顾健宽的生活。

我点了点头，表示坚决支持。当然，我也想到孙子，但从大局出发，我一个从战火中拼杀过来的老红军，一个曾经舍弃一切为了革命的老同志，当然要坚决地支持！而且孙子留下来给我带，肯定是没问题。

雨凤在暑假里就把所有手续办好了，我一点头，他们一家就出发了。

这次，长征路上有了一家人。

一九七九年　十二月七日　傅健宽

现在大家都叫雨凤谭校长。

当年我和雨凤的那个决定是对的。

自那四十八粒种子的成功后，中国的种业飞速发展。

我们那几年选育的各种品种，都在南繁大面积加代种植，开始向全国提供不育系种子，先后选育出上百个良种组合，在南方稻区水稻生产中发挥了重要作用。

老家来南繁的人更多了，最早只有我们十几个人雁南飞，现在有一群数不清的大雁。谭校长这些天也眉开眼笑，她带的学生，有几个考取了海南的重点中学。不止这些，她对南繁的功劳大着哩。一些年轻的场工，结婚生子落户南繁，他们也想让孩子得到好的教育，她解决了这些年轻人的后顾之忧，帮了我们一个大忙。南繁是雁南飞的目的地，基础设施在慢慢完善。

好消息不断传来，改革开放的号角吹响了。这一年喜讯不断，我们南繁的水稻种业也在繁荣发展。据不完全统计，现在南方一半以上的水稻种植，都用上了我们的杂交品种，使粮食产量有了大幅度的提高。

我爸一直有信来，这些日子以来，信件愈加频繁。

我爸说："今年你四十岁了，古人说'三十而立，四十而不惑'，四十岁就有这种成功，就有了这么好的成就，你得注意四个字——戒骄戒躁。"

我知道我爸的担心,他嘴里常挂着那句话:"虚心使人进步,骄傲使人落后。"

我给我爸回信说:"爸,您身体调养好了的话,您应该来南繁住些日子,尤其冬天来,这里四季如春。"

其实我爸早就想来南繁看看了。

年初,医生说我爸身体出了一点儿状况,肺部出现了问题,不是一般的问题,而是有些严重。但我爸说:"严重也好,不严重也好,我能不能去下南繁?"医生说:"什么难烦?你身体这病对我们来说就是个难题,是个烦恼问题。"我爸说:"不是,我说的是南方的南,繁荣的繁。"医生依然摇着头。我爸耐心地在纸上写了"南繁"两字。说这是个地名,医生应该知道这地方。医生还是摇头说不知道这么个地方。我爸有些难过,但他没表露出来。

我爸出院后跟我说,这不公平。我爸说他难过了好长一段时间,他说他们当年冲锋陷阵,谁不知道?家喻户晓,几代人都知道。可在新中国建设上,另一些人在另一条战线十几年如一日地奋斗着,付出了很多汗水和艰辛。医生接触的人多,见多识广,可他们竟然也不知道南繁,那普通人就更不知道那个地方和那些人的奋斗了。

我跟我爸说:"这没什么,社会主义建设,多少人多少行业都在拼命干,默默无闻,我们育种人和普通的作田人区别也不大,几千年来中国农民就是这样过来的。"

我爸说:"不是因为你是我儿子我才打抱不平,仗义执言,别人不知道,但我知道,你们付出了多么大的牺牲。南繁人天南地北,大雁南飞,无私地奉献,为新中国十几亿人的穿衣吃饭操心,卖力牺牲一切……却……"

我说:"爸,您向来教育我们要不计个人得失,要以国家和人民的利益为重,今天怎么了……"

我爸还是一脸的愤懑,叨叨着:"水稻、小麦、玉米……棉花,还有瓜、豆什么的……好多好多……都是南繁那培育的良种,中国很多人端着的饭碗填饱肚子的粮食,大多都是从南繁出来的呀。没有南繁,哪有牢实的饭碗嘛,饭碗有底座,南繁就是中国人饭碗的底座……"

我爸一直叨叨地说,我看出他真的是老了。他说他得去下南繁,我担心他的身体,那么远的地方一路颠簸不知道他受得了不。但我觉得他那么爱着南繁,那么操心我和同行们,他去看看,是应该的,更应该了却他的心愿。再过几年,要是他再老点儿,不知道那时他还走得动不。于是,我说:"等您休养一段时间后,我安排一下,接您过去看看。"

他终于如愿以偿了。

我爸真的来了,而且不止他一个人来,他把放寒假的孙子也带了来。六十多岁的年纪,长途跋涉竟然毫无倦意,倒是继良似乎一路颠簸有些疲劳,但一看见大海,继良就把劳累忘了个干净。那是他第一次看见大海,我爸也是第一次看见大海。

继良被几个年轻老师带着去天涯海角、大东海那些地方去玩了。

我说:"爸,你也去跟雨凤、继良他们去大海边走走吧,那些地方风景不错。"

我爸说:"那些地方我不去了,你带我在南繁转转。"

我知道我爸的心思,他一直就惦记着我们的育种事业,尽管这些年我们的水稻杂交育种取得了突破,获得了丰硕成果,但我爸他觉得还有更广阔的空间。何况国家开始一切都向好发展,他的牵挂和希冀都很多。

虽然我爸说他是带孙子继良来过寒假,来父母身边,和父母过个年,家人好好团聚下。但我知道那不是我爸的真实目的,我爸一直想看看我们在南繁的真实生活。他知道我们杂交出了优良的水稻品种,并且推广了开去,他只是想亲眼看到这一切,然后他想跟儿子说些什么。

那些天,我领着我爸走遍了南繁的角角落落。南繁在地图上并没有标志,它也不是一个地理意义上的地名,而是指海南省北纬十八度线以南,阳光、雨水和温度等在中国最有利于作物生长的地区,涵盖了崖县、陵水、乐东三县的一些地区。随着东西南北育种队伍的不断增多,南繁的区域也在不断扩大。

我爸对南繁特别有感情,他说:"我要好好看看南繁,走遍南繁。"我爸可能从没想到,南繁会那么大。我跟有关部门协调,想要借一辆汽车,基地的领导一听说我爸是老红军老同志,专门派了一辆车,是卡车。前年,政府认识到南繁基地的重要性,专门拨了一笔款，给南繁购了十五辆车，解决了南繁一直头痛的运输难题。

卡车开来了，我爸却不肯上车，他说："哎呀哎呀！正值生产繁忙的时节，怎么能浪费这卡车？"

我说："南繁的大不是您想象的，您要走全，要上百公里的路程呢！"

我爸说："这事你就别管了，我腿脚好着呢。"正说着，我爸接了个电话，好像当地驻军部队不知怎么就知道了我爸来南繁的事，他们从崖县的基地派了一辆北京吉普，我爸还是那么"哎呀哎呀"地不肯上车。那个战士说："老首长，我是在执行命令，带您参观考察南繁，军人以服从为天职，您不上车，我就执行不了任务了。"

我爸只好摇摇头，上了车。

就这样，老爷子兴致勃勃地在南繁各处游走。正值冬天，在北边各地都是冬藏的时候，南繁这里却依然一派繁忙的景象，各地来的工作队正在这里进行加代育种。

当然不止水稻，我爸还看见了棉花、小麦、玉米，甚至还有瓜果蔬菜等各种作物不同品种的种苗田——几百种农作物的育种，都集中在了这么个地方。

我爸说："大开眼界啊！"

我爸还说："蔚为壮观哪！"

他亢奋了好几天，我一直想跟我爸探讨个事，但我看他嘴一直张着,欣喜若狂的样子,我又不忍打断他的快乐。

继良也很亢奋,他是因为海南独特的风景和大海。他从没见过大海,也没领略过热带海洋风光,这样一个新鲜的地方对他有极大的吸引力。

其实,他一直对南繁毫无兴致。

显然,我和我爸还有整个家族,对继良这一点感到非常遗憾,但继良却感觉挺好。当年取名继良,家里的长辈们是对他寄予了厚望的——继承先辈优良传统。不单单是继承先辈、家族的好传统,还指育种。我和我爸,还有吴阿姨和雨凤,都真心希望儿子继良能子承父业。但继良满脑子的诗歌。我读了他的一些诗,看不大懂,儿子说我只是个"农夫"。也是,一年到头一天到晚都扑在那些田里,满脑子想的都是种子呀、苗呀,怎么能从田里多收粮食,可不就是个纯粹的农夫嘛。他说:"爸,你看不懂就对了,你没时间读我们写的诗,现在大家都写朦胧诗,这是个开放的时代,与世界接轨,全球一体化,全球村。"

继良思想很开放,这是好事,他读了不少书。但老爷子却有些担忧,主要是继良常常在诗文中发表自己的观点,有些诗老爷子读不懂,在他脑子里是一团糊糊,但有些他还是读得懂的。

我爸常常在信里跟我提起他的顾虑。现在来了南繁,我也想和他聊聊。

"现在年轻人思想混乱哟,不知道他们整天想些什么。"我爸说。

我想起现在的一个时髦的词——代沟，但我没说，我只说："时代不一样了，我们经历过战争年代，后来又生活在新中国建设初期，各种困难我们都经历了，这一代年轻人没那些经历，所以，他们的思想肯定跟我们不一样。"

我爸摇头，他摇了很久，脸上现出愁苦，说："想不到，真没想到。"

我似乎看出我爸的苦恼，孙子的状况，他一定是一直都不满意，肯定和孙子的思想一直存在冲突，也一定看不惯孙子的一些言行，但他又对孙子疼爱有加，是不可能与孙子发生冲突的，连在孙子面前变脸、拉脸、黑脸的时候都没有，总是强忍了，面带笑容。

来了南繁，他一下子在我面前爆发了。

但他没说孙子，而是说了些社会现状，其实那些事，我一直在南繁"与世隔绝"，还真的不太清楚，只是有所耳闻。

我爸说："我们还没有老嘛，那时候隔三岔五，机关呀人民公社居委会呀什么的，请我们去讲传统，学校更是不用说了，祖国的花朵呀，要精心浇灌，革命后代不能在他们身上丢了光荣传统。"

我觉得我爸说得很有道理，我也不能埋头只待在南繁，不关心社会。

"和你们搞农业一样，种子很重要，你们苦心经营，奉献一切，就是想培育出作物的优良品种，可另一种种子，我们更要关心

哟。"我爸说。

我明白我爸所说的"另一种种子"是什么,就是革命后代嘛。我没想到那些,我觉得也许我爸真的老了。但继良的言谈举止,却让我不得不有些忧心忡忡。那些天,我很认真地审视了爷孙俩的点点滴滴,觉得我爸的担忧不无道理,他的思维丝毫没有僵化的迹象,确实,儿子的言谈让我和他妈雨凤都很意外。

我想,也许事情没我爸想的那么严重,也许只是继良生活和学习的环境所致。

于是,我和雨凤商量,让儿子转学到南繁来。其实我们早就合计好了,等我爸和继良来了,大家一起商量下。

我爸愣了一下,他第一句话是:"这行吗?"

我说:"就是大家商量嘛,没什么不行的。"

他说:"这地方教育太落后。"

雨凤说:"落后确实是事实,但来南繁的人越来越多,南繁种业的队伍日益壮大。有些人想在这儿定居,安居乐业,可顾及子女的教育,就都顾虑重重畏缩不前了。"

我说:"那确实是实际问题,但单从高考的角度考虑,这地方属于老少边穷,国家政策上给予了倾斜,因此孩子们考入大学还相对容易,但我和雨凤担心的不是孩子们的高考——那太世俗,是孩子们的德、智、体、美、劳全面发展,尤其是优良品质的培养。"

雨凤说:"育种育人,意义重大,我和健宽一直就有这想法。"

我爸沉默不语，我看了看他的表情，可看不出什么来。我想，他是情感上舍不得孙子来南繁，但不管怎么样，继良早晚得读大学，得远走高飞的，人和鸟一样，总有一天羽翼丰满，要展翅飞向远方的。

我爸到底还是松口了，他说："你们征求下继良的意见吧！"

我们觉得这提议真的很关键，如果继良不愿意，我们再怎么说也是徒劳。

我爸他不表态，但我和雨凤都感觉到我爸不同意此事，却因为我们说的有道理他也不便反对，于是说让继良自己决定。在我爸看来，继良肯定不会同意，只要当事人固执己见，一切也就顺理成章依然照旧。

那天，我把继良叫了来。继良那几天跑了南繁周边的几个景区，人都晒黑了。海南即便在冬天也骄阳似火，只要在太阳底下站站，很快紫外线就让人深感烈日灼心。尤其不能下海，一下海再上岸，那皮肤立马泛黑。

继良那时就那么个样子，但从表情看，他还处于新鲜和亢奋之中。

我们坐在屋里，场面有些正式，但继良并没什么感觉。

我爸先开的口，直奔主题，对他的孙子说："继良呀，你爸你妈说想留你在这里读书。"

继良想都没想，立马就笑了说："好呀好呀！"

我爸听了，愣了小半会儿，眨巴着眼睛，看了看继良，他好像无法相信那话是从孙子嘴里说出来的一样。

我爸说:"继良,住下来可不是旅游,这地方生活很艰苦。"

"我知道我知道。"

"你爸你妈都忙,很难像在昭萍那样,有奶奶照顾你。"

"我知道我知道!"

我爸无话可说了,想说什么,又把话吞了回去,他自己知道就是刚刚那两句话也是脱口而出,他以前可不是这么对孙子说话的。从小到大,他一直就在孙子耳边叨叨要不怕艰苦,从小要独立自主,花园温室里的花虽好看,但经不起风吹雨打……可现在,他突然就显出"自私"了,看来有些人情世故,只要是凡人,都免不了俗。

继良依然兴致勃勃的样子,也许他是被海南独特的风景和美丽的大海所深深吸引,才忽略了其他,小孩子嘛,总是会被眼前的喜悦冲淡更深沉的思考。也许继良确实喜欢这地方,才有些乐不思蜀。

继良喜笑颜开,很快乐的样子:"海南天高海阔,阳光明媚,天蓝海蓝,一切都干干净净,好地方呀,应该是最最原始也最最干净的地方,有什么不好?"

雨凤说:"可是……儿子你要有思想准备,你喜欢文学,喜爱诗歌,有浪漫情怀,是好事,但这事你要想清楚,我们听从你自己的主意。"

我也附和着说:"这不是写诗,这里表面像诗,但真正待久了,你一点儿诗情画意都没了。"

继良说："爸爸，你不是说谎就是瞎说！这里怎么不是诗？你们写了最最好的诗，画了最最好的画，你们是以大地当纸、青苗为墨，你们是最最好的诗人，厥功至伟……"

我和雨凤都愣住了，我爸可能比较了解长大了的继良，他没什么表情。

事情就这么轻易地解决了，继良决定留在我们身边。

一九八一年　二月十一日　傅世合

也不算很快，但我适应了孙子继良不在身边的日子。

我也没什么担心的，南繁一直有信来，无论是儿子健宽的信，还是蓝湛的信，抑或是孙子继良的信，都是好消息，不仅让人放心，而且让人开心，甚至振奋。

上次南繁之行，不仅孙子留下了，有十来个去年十月农忙时从昭萍前往帮忙的农工，他们也说很想留在南繁，健宽曾经来信和我探讨这事。健宽说不知道现在政策怎么样。我给健宽回信："从一九七八年起，我国实行家庭联产承包责任制，农民首先实行分田包产到户，安徽凤阳小岗村领了个头，后来全国农村都逐步实施并落实。昭萍市也开始走家庭联产承包责任制这条路了，没了人民公社和集体生产的束缚，乡村的劳动力得到了解放。现在改革开放的号角已经吹响，一切向好发展。昭

萍一直田少人多，虽然有一部分人去了南繁，但毕竟还是少数，还有不少剩余劳动力，期待释放。现在劳动力不被拴在集体的土地上了，得到了解放，解放了的劳动力得找地方释放。"

孙子来信跟我说了很多他的新生活。他没谈他的学习，其实我也不担心他的学习，他只要想学，一切都是顺理成章的事。他说，对爸爸妈妈和那些叔叔们的努力和奋斗，他现在才有了一点儿理解，他们是真正牺牲小家为大家，牺牲自家为国家。他在这地方才理解了许多事情和许多道理。

我很惊讶孙子的变化，人们常说"代沟"，以前我也觉得确实存在，但代沟代沟，只是两代人之间沟通的问题，缺乏沟通，才会导致互相难以理解、出现误会什么的。继良身上发生的变化，是很能说明问题的。

健宽的来信，也常常让我眼睛一亮，我也发现，我和他也是存在代沟的，很长时间对其缺乏真正的了解。

比如健宽在上次来信后又来信写道："改革开放的东风，是这么强劲，有很多事情是我没想过的。上次读了您的来信后，我知道了老家的新变化，我也思考了很久。现在水稻育种已经取得了很大成就，就是说，现在的这些各类型号的水稻杂交良种，得到了科学证明，丰产高产，得到了社会认可，已经向全国各地推广，亩产也非常可观了。

"就像您说的，改革开放让各个领域齐头并进，在农业上家庭联产承包责任制也把中国农民从土地上松了绑。但也出现了许多新的问题，比如，农作物良种的改良，包括其他农业现代化技术的推广推进，让农村劳动力得到了解放，剩余的青壮劳动力怎么办？中国的问题一直是农民的问题，释放出来的劳动力，必须得有去向，不然可能成为社会问题。"

健宽说，我的信让他思考了很久。他想到是否可以利用他们的科技优势服务于家乡，当然不只是说种子，是说组建一支特殊的团队，围绕种业培养一个产业。

健宽说，改革开放，祖国就像一丘大田，种了许多新鲜事物，我们是不是也实事求是，结合我们南繁育种的现实情况，组建一支种业大军，培养一个种业产业？

我情不自禁地拍了一下桌子，那叫拍案叫绝。

屋子里没有别人，我拍那桌子用力过猛，桌上那水杯跳了一下，杯里水正满，漾出了一些。

我看见那一小汪水在桌面停留了会儿，成了一条麻绳粗细的水线，缓慢地从桌子这头流往那头。显然桌子没摆平，水线很肆意地往那头流去，然后在桌子的另一端坠落到地上，不偏不倚砸中了一只蚂蚁。注意到这偶发的"事件"，我蹲了下来，观看着那水里的蚂蚁，那小小蚂蚁先是被突如其来的水珠弄得有些蒙，但很快就活动了手脚从水里走出去。蚂蚁没被突然从天而降的一击打蒙打趴，反而显得有些耀武扬威，仿佛身体里的什么东西被激活了，比先前更显精神和更有活力。我很为这只蚂蚁高兴。

蓝湛也给我来信，他说他和邵春丽都很好，生了一对双胞胎，姐姐叫蓝南，弟弟叫蓝繁。

我很为蓝湛高兴，不仅生了一对双胞胎，且还有这么个寓意深长的名字。

蓝湛在信里说："……革命老先生，您也来南繁住过些日子，海南十八怪，您当时告诉我看了几怪，确实很有意思。我带着您走遍了整个南繁，看了很多地方，我当然知道您关注的不是十八怪，您只是顺便问问的，您关心的还是中国饭碗的底座。这比喻我们都觉得很恰当，把农作物良种的研发和推广工作比喻成筑造中国饭碗的底座，只有底座稳，饭碗才不容易破碎。我们做的一切工作，就是想办法筑牢中国饭碗的底座。"

他还说："我们万里长征完成了第一阶段，傅老师和我们的团队知道还有很长很曲折的路要走，深觉任重道远，路漫漫其修远兮，科学无止境，探索永不停。傅老师高瞻远瞩，有更繁杂艰巨的工作在我们面前。他满是理想抱负，说是不仅要培育出良种，而且要培育出种业的人才，不是一个两个，是成百上千上万。

"傅老师提出要办种子学院，这想法好，其实也不是什么正规的大学，就是向农民传授育种知识的培训班。现在的科研越来越精细，技术要求越来越高，育种得要掌握科学知识，否则寸步难行。现在早已不是杂交水稻培育和试种阶段，那时是小规模，因此有我们在身旁指导，场工都能做得了，万无一失。

现在优良品种已推广至全国，还要推广到全世界，得有一支种业大军。傅老师和我就是这所学校最早的老师，我们不仅在南繁育种，也在南繁育人，不仅培养优良的品种，也培养一支种业科技队伍……"

看见儿子现在的状况，我真不知道怎么表达我的欣喜。

第十三章

带乡亲们去南繁

一九八三年　五月九日　傅健宽

今年，我出乎大家的意料，决定回昭萍过年。那时，在南繁过春节已经成了南繁人的惯例。客观上说，海南是避寒的天堂，就是寒冬腊月，那里也很温暖，甚至大年三十或者初一，都能下海游泳。

但是，南繁人图的不是这个，而是年关的时候也正是育种的关键时机，因为这时，中国的大多数地区都冰天雪地，南繁却温暖如春。

如果不是心里装着种子，想着育种，谁不愿意回家过年？

过年又不是避寒，人们更需要"味道"，就是大家通常说的年味。年味是什么？很难说清楚。是亲人的团聚还是大快朵颐的美餐？是满眼的新衣新裤新鞋新帽，抑或是掀天的爆竹、火树银花的烟火？还有你来我往走亲戚的盛况？也许这些都是，由这些组合成的味道。

在南繁过年虽然气候温暖，却毫无年味。可南繁人为了事业，大多牺牲了过年的"味道"。

可这一回，我却要求回家过年，还动员大家都回去过年。

于私，父亲已经快七十岁了，在过去，这个年龄已经算很高寿的了，也是随时可能仙逝的年纪。如果可能，做儿子的应该年节都在身边陪着老人，尽尽孝心。

于公呢，我确有要紧的事情。

事实上，这些年，我一直致力于让家乡跟我来育种的乡亲能比在老家时获得更多的收益，当然，这是显而易见的，这几年乡镇上一些乡亲跟我们走出山里来南繁育种，经济上确实得到了些好处。昭萍那地方，自古田少人多，后来张之洞办矿，有些年解决了部分就业难题，可近百年过去，那一带的煤矿也挖得差不多了，属于资源枯竭型地区，劳动力剩余、就业率低成了百姓和政府头痛的事。

而因为南繁育种的需要，我们在南繁也急需劳动力。当地人不是多从事渔业，就是因为传统习惯，不习惯做繁重的农活。无奈我们只能从家乡带一些青壮乡亲过来，一开始还胆战心惊惴惴不安，生怕他们吃不了苦，坚持不下去，没想到他们却一直坚持了下来。一方面当然是因为乡里情，中途退出面子上过不去，另一个重要的原因就是可以增加收入。因为各地需要优良品种，我们的种子一直被看好。有好种就有好价，大家收入当然也就高了，收入高，就有了积极性。

前些年，一直主张"狠斗私字一闪念"，忽略了人们对物质生活的追求。这些年，改革开放，思想大解放，鼓励人们追求小康。昭萍人向来思想很开放，一有号召便有觉悟和响应，很多人去了南边一个叫深圳的地方，那儿成了特区，正在成为各项改革的先行者。昭萍也有不少人去了那里。海南自古是贬官流放之地，甚至有人说是蛮荒之地，虽然有些夸大其词，但海南除了大海、空气和阳光，还有什么？如果让昭萍的乡亲再往南走，去海南，他们能干什么？

来南繁的人，还是与土地打交道，说得实在点儿，就是来这边做农民。但令我吃惊和感动的是，我家乡的父老乡亲没有让我失望，他们在南繁跟我一样，克服了各种困难，下地劳作，每一粒种子都是他们用无数汗水浇灌而来的。我和蓝湛及我们的学生和其他助手，都得到了很多的荣誉，可谓"名利双收"。但这里面也有乡亲们的辛劳和付出。

所以，我得为他们想。虽然我们推出的水稻优良品种一直被看好，产生了很好的经济效益，乡亲们付出的努力和吃的苦有了合理的回报，但我觉得还不够，还可以有更大的收益，还可以让更多人受益。

我和蓝湛常想起多年前的往事，七十年代初我们去南繁时，我们在南繁的基地需要场工，可却常常招不到工人，当地人不愿意干这种农活，就是愿意，也大都没什么水稻种植经验。昭萍的乡间，种植水稻的经验代代相传。我想，要是从老家招场工，应该是个好主意，那些青壮劳动力，是很好的帮手。

于是我们回到老家坪下招人。坪下是纯粹的农村，青壮全是以种田为业。我和蓝湛把大家召集起来，把意图说得明明白白，可人家互相那么看了看，然后又上下看了看我和蓝湛，没摇头，但我知道他们都在心里摇头。

我也明白他们那么看我和蓝湛的意思，那意思是说，你看你们都弄得这么瘦这么黑，肯定遭了不少罪，哪能是个好地方？

我和蓝湛只能好说歹说，当然，老靠说磨破嘴皮也没什么用，最后还是亲情起了作用，也就只能动用亲情了。正是因为亲戚们看见我和蓝湛这么个样子，心想吃那么多苦，看在亲情的分上怎么也得助我们一臂之力呀。

另外，我爸他出面做了很多工作，我爸在乡亲们面前说话还是很有分量的。他跟公社里的人说："你们应该鼓励大家走出去呀，田少人多，不如向外走走，寻找出路。"

公社主任们当然得认真听听老革命的话，但依然犹豫不决。他们请示县里，县里的领导也有些担心，毕竟那个年代，出门在外还得有介绍信什么的，控制得很严格，总担心会出问题。

可我爸出面了总会得到一定的重视。没我爸，事情还真不好解决。

我爸说："一切由我负责，我可以立字据担保他们不会出什么问题。"既然我爸都这么说了，那些干部当然再没什么话好说。

那年，我和蓝湛就带了十几个人来了南繁，没想到，这十几个人从此也成了雁，雁南飞，没有人掉队，不仅成了雁，还人人都成了领头雁，带来更多的雁。

我一直很感激这些乡亲，这支坪下走出来的育种队，实际上给大家做出了榜样。这些年，随着我们水稻良种的不断开发，也随着各地对优良稻种的需要，基地育种田也在扩大，需要的劳动力日增。

就这样，这支育种队干得风生水起，因而小有名气。

现在，各地和各行业都在掀起经济建设的高潮，南繁呢，当然也处在时代的旋涡中，改革开放的东风也在南繁回荡着。这让我也多了几分思考，是不是可以让更多的人致富呢？

既然种业是农业的"芯片"，那么南繁就是种业的"硅谷"。有人提出了中国农业"南繁硅谷"的概念，我觉得不仅是中国，南繁也极有可能成为世界种业的"硅谷"。

硅谷，大家都知道，位于美国加州北部旧金山湾以南，过去，这里也曾经是美国西部的荒芜地带，后来因为淘金热，自十九世纪末开始，这里聚集了一些劳动力和人才；再后来，铁路公司、斯坦福大学先后建立，更多的技术人才来到这里；随后，这里

湛江站

成立了一些通信公司和科技公司，最终成为半导体芯片的研发中心，施乐硅谷研发中心、英特尔公司、苹果公司等更多研究机构和公司也相继来此落地，这里成了一个高新技术产业园区。

我就想，硅谷早已经不单纯是一处半导体芯片的研发基地了，那地方成了个实体，边研发边生产，是高新经济技术区，解决了大量的劳动力，也产生了巨大的经济效益。

作为农业的"南繁硅谷"呢？是不是也能像硅谷那样，形成产业规模，成为一个集科研和生产于一体的农业高新产业园呢？

理论上是没有问题的。

但我知道，要形成高新产业园，不是那么简单的事，还得有一定的政策和相关的基础，硬件的、软件的，许许多多，林林总总，现在的南繁还不是很成熟。

但有一点我心里很明白，随着优良稻种在国内的推广，大面积的育种是必然的，也就是说，劳动力和高级技术人员不可或缺，组织一支育种专业队伍势在必行。虽说最初大家是经说服和动员，还半拉半就地让坪下的乡亲去南繁参加育种队伍，但十多年来，这支队伍越来越壮大，几乎每年都有人被自己的家人带到南繁来。

为什么不能作为家乡的一个产业来发展呢？

我想跟我爸聊聊这桩事，我一直习惯和我爸进行交流。我爸是个老红军，资历老，虽在育种方面不是专家，甚至不知一二，但他对育种的事业却一直很"专业"，经常能给我提出这样那样的建议，其中有很多相当中肯，常常给我很多支持、鼓励和动力。

这次，我不知道我爸会不会继续支持我的这种想法。

一九八三年　七月八日　傅世合

我不知道什么硅谷，我们这一代人对这些应该说是孤陋寡闻。我们从战争年代走过，走过战火硝烟，走进社会主义建设时期。我有幸参加了两个不同时期的工作，经历过战争与和平，有过斗争，也参与了建设。

这也许是以后绝对再不可能发生的事情了。

健宽今天跟我说到产业，说到种业的未来，说到让家乡有个致富的平台。说了半天，我仍然云里雾里。

育种，培育出高产优质的水稻良种，我一直以为是很单纯的一项科学技术，健宽也一直在努力，并且做出了可喜的成就。提到科学家，一般人都会想到是那种埋头搞科研的老夫子的形象，但我没想到他会提出产业这个概念，会想到要带领家乡乡亲共同富裕。

我很赞同儿子的想法，既然南繁需要大量的劳动力，而坪下乡甚至整个昭萍田少人多，尽管一些年轻的有些文化的人往南方沿海城市去了，但大多数青壮年依然留在家乡无所事事。

健宽说这是顺水人情，一举两得。

我说："不仅如此。"

他看了我半天，他不知道我心里想起了很多，我对健宽的想法和思路、做法及行为，很是震惊，不得不对他另眼相看。

他跟我说："我们不仅要看到人们有饭吃，不饿肚子，也得争取吃饱了肚子有活干，事业有成，就是说人得做点儿什么事，不然和动物有什么区别？再说，游手好闲也给社会埋下隐患，引领他们创业和就业，是全社会应该关注的问题。"

我说："我知道你想的不仅是这些啦，几十年前，看到天安门升起五星红旗，那时我和我的战友热泪盈眶，脑子里想的就是国家富强人民富裕。这么些年来，谁都没有懈怠谁都没有放弃，但国家依然很落后，人民依然在求温饱的路上，很多人在为之努力奋斗着。健宽，你们付出的汗水和辛苦，在解决中国人吃饭的问题上迈出了一大步，不仅想着温饱，还惦记着小康，还想着共同富裕。"

儿子能想得那么远，那么深，真的让我十分吃惊，他已经不是简单的只具备科学知识的专家了，而是有抱负，有胸怀，能放眼世界、展望未来的国家栋梁。

但孙子聊的话题却好像与我所想的有偏差，继良今年已经读高中了。他书确实读得多，读得也很杂，思想也开放，谈起话来头头是道。西方现代思潮，还有先进理念，说起来确实你没法反驳他，我想就是他爸也回答不了他的一些问题。

继良喜欢文学,和他爷爷、他爸爸、他妈妈的追求相差甚远。

我们走过战争年代,都是在枪林弹雨中闯荡过来的,经受了血与火的生死考验,一切都很现实,打仗,胜者为王,与和平年代是完全不一样的。所以,继良他们的想法和做法,与我们相差很大。现在有人用"代沟"这个词来形容这一现象,想一想,很准确,不要说继良这批孩子,想想当初我自己和老辈们的交流也不是那么通畅的。

孙子马上就要上高二了,但他痴迷文学和哲学,他妈雨凤有些担心,说虽然继良的成绩不错,但还是担心他偏科。父母都是学理的,这么看继良是一定考文科的了,这让雨凤有些纠结。但我和健宽觉得这也没什么,爱读书总归是好事,开卷有益。

健宽的事没想到进行得很顺利,没做什么动员,坪下乡里的青壮年就踊跃报名,县里也觉得现在分田到户了,田少人多,多余的劳动力不像先前集体生产时期好管理,何况市里的治安最近出了些状况,各级政府都有些紧张,所以,乡上、县上对健宽的提议非常赞同,积极推动,予以高度的重视和支持。

第十四章

想要更好吃的大米

一九八六年　九月十三日　傅健宽

　　一切都很好，坦白地讲，我只对继良有点儿担忧，虽说他以高分考入重点大学，给爷爷、爸妈及家人长了脸，但不知道为什么我不是太满意。雨凤说我对儿子过于苛刻，或许是因为我太偏爱自己的专业，儿子却读了文科未遂我愿的缘故。我想了想，他们似乎并没有说对，但我也没法反驳。

　　我身处中年，可能也有中年人普遍的焦虑。人说上有老下有小，中间这个尽烦恼。我不觉得我有什么烦恼，人活在世，总不能什么事都一直开心。但是儿子的选择一直是我的心病，一想到他我就不由得觉得"恼"。

但我还是全力投身到新稻种的研发中，这是一个新的航程。

虽然我们取得了很大的成就，不仅国家给予我个人和团队以极大的荣誉，世界上也给予我极大的认可，但科学无止境。这些年来，因为过去一直吃不饱饭，所以我们的目标就是让水稻高产。在大家吃不饱的年代，高产是杂交水稻的第一要求。现在生活水平提高了，就要求科研人员把水稻品质摆在更重要的位置。什么意思呢？就是不仅要求产量，而且要求质量。

对品质的追求是无止境的。

南方人天天吃大米，一日三餐基本都与大米打交道，口舌之间天天有大米的味道。

大米与人的一生息息相关。常听人夸某种大米好吃——入口绵软，筋道耐嚼；干爽成粒，黏软糯香。也听人贬损某种大米——粗糙，干硬，入口无味，味同嚼屑。

我们现在还是在定量供应粮食，虽然情况比以前好了许多，可以从其他地方弄到些粮食，但大多数城镇居民家庭吃的还是供应粮，大家都还是以吃饱为追求，对吃好没要求，就是说对大米质量的高要求还不是普遍要求，但是这一定是个趋势。

记得那些年，即使是陈米糙米，也吃得精光，至少能吃饱肚子。可现在不一样了，改革开放正在深入，经济腾飞，人民生活水平见长，对碗里那口饭的要求在不断提高。

我们很清楚，这些年对培育良种的方向，都是往高产方面着想并用心用力。所以，近来听到一些反馈，说杂交稻种高产没问题，但米质不是太好。

人家说的并没有错，有些品种确实存在这一问题。

如果仅仅为了产量，海南这地方的稻田是最好的，这里能种三季，就是说一块田一年能收获三回。可这种米不好吃，现在基本卖不出去，大多做了饲料。

这就是说，现在大家对稻种的要求既要产量，也要质量。

我跟蓝湛探讨这事，蓝湛笑着说："众口难调呀。"

我说："大米饭这玩意儿众口一致的哟。"

蓝湛说："我跟你开玩笑的哩，老师，其实我最近也在思考这个问题。"

"心动不如行动哟！"我说。

"当然！当然！"蓝湛说。

我们师徒多年搭档，早已很默契，不必多说，一个眼神便能心领神会。不过这研究像新横在面前的一座大山。走过了那么多的坡、那么长的山路，翻过了好几座山，却又给自己定下了新目标——翻过新的"高峰"。

望山走死马，但蓝湛和我从没畏惧过。

先说说大米品质的事，分好多方面，看似简单，其实说起来有些复杂。

得先看碾米，不同品种的稻谷，碾出的米品质不一样。碾米品质指的是稻谷在碾磨后所保持的状态，糙米率、精米率与整精米率越高的水稻品种，其米质越优。

外观品质，这好理解，就是说要好看，主要包括籽粒长度、宽度、长宽比、垩白和透明度等。去米店或者超市购米，人们总会抓一把看看。买还是不买？外观先起作用。

蒸煮品质是指米饭蒸煮后的直链淀粉含量、胶稠度、米胶长与糊化温度等主要理化性状，此外还有稻米香味及蒸煮后的米粒延长性等次要性状。蒸煮品质主要包括米饭吸水性、膨胀性、饭裂性、结块性和烹调时间等。这说起来有点儿拗口，但书本上就是这么写着的。

食味品质，主要包括适口性、米饭外观、米饭气味及冷饭质地等指标。

营养品质也很重要，关系到健康问题。其中主要包括稻米蛋白质含量与蛋白质质量。稻米蛋白质含量一般用糙米中蛋白质含量的百分率来表示。糙米蛋白质含量越高的品种，其营养价值越高。饲用稻品种也要求有较高的蛋白质含量。

卫生品质就好理解了，主要是指稻米中对人体有害物质的含量。稻米中农药的残留量及其他有毒物质含量必须符合相关标准。

我们新品种的培育，既要保持高产，又要围绕这些品质来进行。

说干就干，我和蓝湛及团队，又投入到更复杂、更艰辛的科研工作之中。

一九八八年　四月九日　傅世合

　　孙子继良一切似乎都很顺利，他以优异的成绩考入了中山大学，以优异的成绩毕了业，现在又以优异的成绩考取了研究生，回来时，谈吐完全不一样了。

　　继良口若悬河，滔滔不绝，话题多是外国的，且多是美国的，听得我一头雾水。

　　我找不出什么话题来和他交流或者说探讨。

　　难道这就是他们说的代沟？这种"沟"让我莫名地焦虑。

　　健宽带领的研发水稻新品种的种子团队和种子产业的发展，也继续着良好的势头。

　　这些依然是蓝湛在来信中给我透露的，他说："革命老先生呀，我们现在工作一切都上了正轨，各方面条件比之当初，不知道要好上多少倍。种子学院依然在办着，虽然只是育种知识的传授，可是却培养了一支过硬的技术队伍。傅老师和我都是农民制种大军的免费技术指导老师，开展杂交稻繁制种研究，并创立了杂交水稻繁制学。当地人都习惯性地尊称他为'师傅'，师傅细教，徒弟勤学。这些原来只有初中文化水平的普通农民，大多都是在他手把手的指导下，从一窍不通的门外汉成了专家。傅老师跟我说，众人拾柴火焰高，他希望制种业能成为家乡的一门特色产业，他说要想达到这目的，让家乡的乡亲们掌握技术是最主要的。

"我的老师又回到当年最初的状态了，拼命三郎重出江湖。很多人对老师的身体忧心忡忡。庆莲阿姨信里跟我说过几次了，我嫂子也找过我，我还真去跟傅老师聊过，我说现在不比往年了，年纪一天天大，精力一天天差，可我知道他听不进这些，事实上傅老师也身不由己。

"我说不通，我自己就带个头，想办法把节奏放慢点儿，一些工作交由年轻人去做。但后来我知道，我自己也办不到。我自己一旦投入其间，便也身不由己。

"关于水稻品种，从产量的要求到对米质的要求，看似简单，其实一切又得从头来，而且比先前还要复杂。因为这一切，不只是图量，更要求有质。就是说我们研发的稻种产量要保证，稻米的品质也要更高。"

蓝湛的来信让我亢奋。我终于知道为什么健宽不自己跟我说这一切了，他有他的考虑，他怕我担心，他也怕我有所顾虑。

我的顾虑从来没来自儿子健宽，如果说有什么心结在我心里的话，那只有孙子继良。

但是我也没有丝毫理由可以说服继良，他是读书人，说起来一套一套的，口若悬河，真的能把外国的月亮说得又大又圆。我去学校给孩子们做报告，也是有板有眼的，口若悬河，可我跟继良讨论那些国际、国内问题时就会水火不容。

很无奈的一件事。

最近以来，我突然感觉到身体有了些状况，就是大便不正常。

战争年代，不正常和无规律的生活，让我得了慢性肠胃炎，我开始以为老毛病犯了，去医院检查，医生眉头跳了跳，说得做进一步的检查。

那就做呗，七十多岁的人了，中国人说人到七十古来稀，我没觉得有什么，但庆莲有些紧张，女儿年灿也一直绷着脸。

我说没什么呀，不要谈虎色变，七十多岁的人了，谁没个小毛小病的呀。

做完肠镜，那位医生依然眉头紧皱。

"无论如何得做手术。"医生说。

"怎么？！"

"长了个瘤子，不管是良性的还是恶性的都得切除，等采样的结果出来。"

女儿听完泪就出来了，她妈庆莲眼也红了。我很淡定，最后的检查结果不是没出来吗？不过毕竟是家人，担心我就容易把事情想复杂。

但医生说了，手术是必须做的。

那天在病房里，我和主治医生有过一次长谈。他以为我心理负担重，但后来觉得我的神情和话题完全不是那么一回事。

我说："秦医生，你实话告诉我，这种手术是不是昭萍市医院的医生就能做？"

"当然，这是一般性的手术，县级医院都能解决。"

我跟医生说："那我就没必要转院了，手术就地解决。"

"可是……可是……"

我看出医生有点儿支支吾吾的，我想肯定是庆莲有特别的交代，我知道一般的人都会觉得无论怎么样，即使确实是小地方能做的手术，能去上海、北京等地做，为什么不去？我知道庆莲心里怎么想的，我是老红军，国家有特殊的照顾，再说健康是天大的事，不能马虎。

我跟医生说："你如实说了实情，那我就放心了，这手术我决定就地解决。"

"这……这……"

"好，这事就这么定了，你就别有顾虑了，有人要有异议，叫他们找我。"我说。

医生点了点头。

我还交代医生，手术的事千万低调些，我不想惊动太多的人，尤其是地方上的领导。

手术非常成功，庆莲一直悬着的那颗心，终于放了下来。当然，此前我认真地做过庆莲和女儿等人的思想工作。我说："其实我不为别的，只是不想让健宽知道。健宽关于水稻良种、稻米品质的科研，正在攻关阶段。如果我的病情哪怕是被透露一点点风声，也会引起风吹草动。"

保密工作做得非常好，医生一丝不苟地按我所说，按部就班悄无声息地就把手术干净利落地完成了。

一九八八年　五月五日　傅健宽

　　新培育出的一批米质好的稻种，三月已经让人带回昭萍，得在家乡先试种。据说他们已经撒了种，一切都很正常，他们来电话说："师傅，你有时间回来看看嘛，虽然我们已经掌握了相关的技术，但对这么名贵的品种的试种，我们心里还是没底。"

　　我想，我是得回一趟老家了。我牵挂的不仅是那批新种苗，更是我爸，他已经七十二岁了，且是从艰苦的战争岁月里走出来的，身上还带有弹片。他们那批长征路上走过来的老革命，虽然活了下来，但极度的营养缺乏和极其恶劣的自然环境曾严重伤害到他们的健康，落下一身的病痛。

　　我知道平常我爸小病小痛的从不显露出来，旧伤复发，他都从不显露在脸上，不过，我常听到吴阿姨长吁短叹。起初，我还以为吴阿姨有什么不开心的事，后来发现，她是为我爸的身体担忧，别人看不出，可她跟我爸生活了几十年，我爸身体的毛病，当然逃不过她的眼睛。

　　吴阿姨是我爸身体的晴雨表，我在老家的时候，常常会突然问到他的身体，我说："爸，您得注意自己的身体，您那病又犯了。"听了我的话，他很吃惊。有回我爸像小孩子似的点了点头。他问："你怎么知道的？"其实我一无所知，我是从吴阿姨的脸色上看出来的。自从我去了南繁，就看不到吴阿姨的脸色了。

　　但我爸一年年老下去这是自然规律，我甚至在梦里也常常梦见他被紧急送去医院的情景，醒来后我一身的大汗。

我已经定好了回昭萍的火车票。

有消息从琼州海峡的对面传过来，说有个毕业不久的农校中专生，在广东省湛江市的海边芦苇丛里发现了一株野生海水稻，已经进行了两年的试种。他找人捎信给我，说很想得到我的帮助，原来他是想前来南繁拜访我的，但他认为，我要是能看到实物，也就是看看那株野生海水稻，可能会更好。因此，希望我能去他那里。

我眼睛一亮。

蓝湛说："这怎么可能？！现在一开放，玩概念做假名堂的多起来了。"

我说："你先别急着下结论，眼见为实，也许野生稻能在咸水中成活、生长。"

"即便如此，也不可能出穗结果。"

按科学原理，海水中含有盐，会阻碍植物的吸水过程，换句话说，在盐水里水稻的光合作用十分困难，即便能生长，不仅会十分缓慢，而且根本无法结果。

可是，我深知咸水稻的意义。

根据最新数据显示，中国东部沿海地区的土地中有百分之四十的土地盐分含量高于百分之零点五，不适合种植水稻。专家预计，由于全球气候变化，冰川融化，会使得更多的海水进入内陆地区，加速沿海地区出现海水倒灌情况，将会对沿海地

区的种植业造成很大的威胁。

如果真能试种出一种产量高、品质好的咸水稻品种，其意义非同一般。

我决定把火车票退了，先去一下湛江。其实那也算是顺路，当时从南繁往昭萍去有两条路可以走，一是渡过琼州海峡到徐闻，再由徐闻坐汽车往湛江，湛江有火车；一是坐船到广西北海，头天晚上六点上船，第二天早上六点到北海，然后坐火车。

可蓝湛的话让我放弃了这一打算。

蓝湛说："试种的那批新的种苗，老黎他们等你去看哩。本来路上就要耽误一些时间，你中途再干别的什么事，就更耽误了哟。"

我点了点头，蓝湛说的不无道理。他的话让我有些迟疑。

蓝湛说："这样吧，我先代你去看看，打个前站，了解下具体情况，这样两全其美。"

我想了想，这也未必不是个办法。

蓝湛是和我一起动身的，在湛江我们两个就分道扬镳各自去了自己的目的地。

蓝湛临走时跟我说："老师，你已经很久没回家了，这次回昭萍，不只是那批新种苗的事，我不觉得那批种苗会出什么问题，你去了也只是给大家一份信心和鼓舞，我觉得你是为革命老先生去的，我看得出你的担心。"

我跟蓝湛说："我有什么担心的嘛。"

蓝湛说:"回去跟革命老先生问个好,说蓝湛想他。没什么担心最好,说实在的,我都担心革命老先生。"

回到家,很快我就知道了我爸手术的事,是我爸自己对我说的。

我说:"爸,这么大的事,你也不跟我说声。"

我爸说:"这有什么可说的嘛,医生说不是很大的事。"

我说:"毕竟是手术呀,在身上动刀子。"

我爸笑了:"这算个什么?当年枪林弹雨,随时都会在身上挨枪子和弹片,我身上还残存了好几块弹片没取出来呢,我的那些老战友谁身上没弹片?"

我知道他说的是事实,可我却更加忧心忡忡。

我问了手术的情况,我爸说得轻描淡写:"没什么没什么,我像睡着了一样,那麻醉针才打了不到一分钟,我就昏睡了过去。醒过来时,医生说一切都很好,我说做个手术像蚂蚁在身上爬了一遭,不是什么太了不起的事嘛。"

吴阿姨皱着眉头摇了摇头,然后苦笑了几下对我说:"你爸就那样,那么大的事在他眼里都跟鸡毛一样。"

我爸说:"那算个什么事嘛,连秦医生都说这手术对我来说小菜一碟,庆莲,我没胡说吧?"

吴阿姨说:"秦医生人家是说和你受过的那些伤比。说你脚上那伤,当时弹片削去你一大块肉,好在没伤着骨头,人家说你当时肯定痛昏了过去,比起那些来,小菜一碟。"

161

我爸一脸的笑，似乎把他战场上的负伤当作了荣耀。

"你看你，你笑得像中了头彩，受伤有什么可高兴的？"吴阿姨说。

我爸脸上的笑突然没了，转而生了气，扭头对吴阿姨说："战场上冲锋陷阵负伤那叫什么？叫挂彩！跟你说了多少次了！"

我爸又认真起来，人说的老小孩大概就是这个状态吧，逢事爱钻牛角尖，固执，易怒。

我记得以前蓝湛跟我说起他的父亲，他说他父亲六十岁刚退休，就可能出现了早期阿尔茨海默病的倾向。我说没那么严重吧？他说他妈妈天天为这事哭。当时，我跟蓝湛说那他得回去一趟。

蓝湛真就回昭萍带他父亲去看了医生，回来后跟我说："医生说我爸表现出的样子就是阿尔茨海默病早期症状，就是通常人说的老小孩。"然后，他把那些天现学的一些相关的常识跟我说了。不知道为什么，我记住了蓝湛跟我说的内容。老小孩的形成是因为大脑的高层指挥失控。由于衰老，大脑功能退化，正常老年人的大脑比成年时缩小了，同时大脑功能相应衰退，尤其是大脑的神经抑制功能下降，这就导致老年人的认知功能下降、神经抑制功能下降，从而表现出类似孩童的行为。

我突然很害怕父亲的"老"，莫名的担忧常常涌上心头，让我很不安。

我去了坪下那片试验田，那些新培育的种苗一切都很正常，我叮嘱他们一定要按规范的程序走，尤其是各种数据要保证及时更新和真实记录。

我返回南繁时，也动了下去湛江那个小县城看看那个正在进行海水稻育种的中专生的念头，但当时南繁那边催我了，我犹豫了下，给蓝湛去了个电话，蓝湛说："你赶紧回南繁吧，你最知道种子季节不等人，时时都不一样。至于程金好，就是做海水稻育种的那个人，我去了，具体的情况，老师你回来我再向你汇报就是。"

我听了他的话，径直回了南繁。

确实时不我待，我离开南繁才二十天，基地就积压了大堆的事，有些事事关育种的关键，科学就是科学，马虎不得，好多事得我自己亲自进行。

第十五章

儿子决定留在南繁

一九九七年　七月十五日　傅继良

进入一九九七年后,爷爷就在等那一天的到来,全中国人民也都在等着那一天。

六月的时候,爷爷说,七月一日香港就要回归祖国了。他常常又激动又兴奋。

这段时间,我也在等签证,材料递交上去已经两个月了,据说我的签证也快下发了,也许就是这几天。

庄雨诗是我的大学同学,我们情投意合,成了恋人。可毕业不久,庄雨诗就去了美国,这几年我们只能通过邮件和电话来往。很长一段时间，雨诗都劝我出国，我知道她不会回国了，如果要保持和她的关系，必须出国，且去美国和她结婚，我以后也肯定很难回国。

据说我爷爷知道这件事后，沉默了好长时间。爷爷在我面前从没大声说过话，小时候我惹爷爷生气，他也没发过脾气，我看见过他跟我爸发火，虽然只有少数的几次，但每一回都毫不留情，骂得我爸无地自容。可我要是犯了什么错，或者跟爷爷观点不一致，爷爷总是沉默，我倒是希望爷爷像骂爸爸那样骂我，可爷爷从不，我知道爷爷疼爱我，可他的这种方式，让我更受不了。

我把我要去美国的决定跟爷爷说时，他又沉默了。

我知道他们这代人，抗日战争时他们和日本人打过仗，抗美援朝时和美国人交过手，他们骨子里对这两个国家就有着不可改变的看法。现在改革开放了，世界成了地球村，我觉得他们思想太保守了。

当然，我不和他们争论，争也争不出个结果，我理解他们心底的情结根深蒂固。

谁也没想到爷爷那天会出意外。

早早地，爷爷就守在了电视机旁，那是六月最后一天的晚上。屏幕上，直播早就开始了，爷爷一直沉浸在亢奋之中，他叫奶奶拿出藏在冰箱里一直舍不得喝的明前狗牯脑，爷爷说那叫明前单芽，是特等中的特等，是爷爷的最爱。他说他得喝点儿好茶，庆祝这一时刻。六月三十日二十三时四十二分，交接仪式正式开始，中英两国领导人同时步入会场，登上主席台主礼台。

我看见我爷爷很激动，眼珠一动不动盯着屏幕。他伸手端那只茶杯，可杯里早没了茶，他依然往嘴里倒，根本没有茶水入口，他那张嘴却机械地做出吞咽的动作。我看见奶奶过去把爷爷的杯子拿走，进屋去给爷爷倒水，开水告罄，奶奶去厨房烧水。

那会儿，降旗、升旗仪式即将开始，墙上的秒针在嘀嗒地跳着。秒表跳入了一九九七年的七月一日零时，屏幕上，中华人民共和国国旗和中华人民共和国香港特别行政区区旗在香港升起。我听到爷爷很响地鼓了几下掌，然后掌声戛然而止，但那时，屏幕上的一切都吸引了大家的目光，连我都被那种气氛所感染，聚精会神地看着直播。

奶奶把水烧开，又泡了一壶茶，端了来，昏暗中奶奶惊讶地叫了一声，手里的茶杯掉在地上，发出很响的碎裂声。

奶奶扑向爷爷，那时我们才发现爷爷瘫在沙发一角，脸抽搐着，嘴也一直张合着，但吐不出一个字来。一家人被此意外惊呆了，姑姑在那拨打急救电话，我抱住爷爷，爷爷紧捏住我的手，捏得很紧，我那只手都被捏痛了。他龛张着嘴，像是要对我说些什么，可他说不出来。

急救车到来时，爷爷病情已经十分严重了。

我们在医院的 ICU 病房外守了很久，医院尽了最大的努力，爷爷还是没有被抢救过来，我们不得不接受这个残酷的事实。香港回归，爷爷过于兴奋和激动，前一天夜里就没睡好觉，第二天又是熬夜看直播，在国旗升起的那一刻，兴奋过度，心脏承受不了，引起心脏骤停。

送走了爷爷，我想起这些年爷爷在我面前的那种沉默，我也变得寡言少语起来，我一直在深思，想着爷爷弥留之际，想要对我说的那句话是什么。

奶奶和我妈对我说："爷爷在世时最疼爱的是你，你得为他守七。"

我知道他们惦记着我签证的事，其实签证已经下发了，我沉默了几天，也苦思冥想了好几天，终于明白了爷爷想跟我说的是句什么话：他是想让我留在祖国。我想了想，我不可以违背爷爷的意愿。我决定放弃出国的机会。

我给庄雨诗写了一封信，我本来可以打个长途越洋电话的，但我没打。我觉得文字更为慎重一些，我预测不到雨诗的反应，但我坚信我的选择是正确的。

一九九七年　十月二十三日　傅健宽

我爸离开我们已经好几个月了，我一直觉得他还活着，我总幻想着在遥远的昭萍，父亲时不时在他的屋子里走动，然后长久地立在那间屋子的窗口的画面。

父亲离开在那个很特殊的日子,而我那时正在为防备台风对基地的袭击而忙碌,每年的七月始,就不断有台风在南海上形成,台风的行踪常常很诡秘,明明直直地行进,突然就旋着旋着拐一个大弯直扑海南岛。

南繁育种,最怕的就是台风,而那时这种灾难携风带雨,摧枯拉朽,得做好一切准备,不然很可能前功尽弃,面临灭顶之灾。

我和蓝湛甚至都没时间看那场直播,我们不敢大意,那天夜里,我带着蓝湛检查了所有的防台风设施。

但天还没亮,家里的电话就来了。

吴阿姨在那头哭着,其实她没开声,我就感觉到不妙。我说是不是我爸出了什么意外。吴阿姨没吭声,她说不出话来,电话那头最终传来我妹妹傅年灿的声音,她说:"爸爸他……快不行了……"

我没说什么,跟雨凤说我们赶紧回昭萍。

那时交通已经有所改善,从海口坐飞机到长沙,然后从那儿转车,当天就能到昭萍。

我没能在父亲生前见上他最后一面,也没听到他最后的叮嘱。送走了父亲,我和雨凤迅速赶回了南繁。我知道父亲会理解我们,他生前最惦记的就是"端牢饭碗",他总跟我们说他红军时期的故事:在长征途中,尤其过雪山草地时,他们供给部任务最重,要保证将士不饿肚子,他们绞尽脑汁,想尽一切可以想到的办法，尽一切可能寻找食物，但常常巧妇难为无米之炊。他说他看见那些战友非战斗减员，在过雪山和草地的行军中一个个在他身边倒下去，就再也没能站起来。他说他知道他们都是因为饥饿而死的。他说就是新中国成立后，建设新中国时期，他们这些老同志同样惦记的是国人吃饱肚子的事，每每看见有乞丐从门口经过，他就揪心，甚至看见有人家捏了粮票捉襟见肘寅吃卯粮，他也觉得是自己的失责。每每想起这些，父亲总是充满了悲伤和感慨，总叨叨粮食的重要。

我知道对父亲最好的悼念就是加大水稻优良品种的研究和应用，就是更加投入到育种工作中去。

父亲会在九泉之下感到慰藉和开心的。

我们在南繁的工作紧锣密鼓地进行着。

那天，我和雨凤正在田边散步，突然有个身影远远地出现在路边，我指向远处的那只手就悬在那儿了，雨凤也"哦"了一声，露出惊诧的模样。

是儿子傅继良。

我们知道儿子一直在办理出国的手续，父亲离世前，继良还打电话告诉我们他的签证很快就要下来了，我和雨凤心里还很"那个"了好长时间。毕竟身边很多朋友的孩子都去了国外，国外的月亮比中国的月亮圆还是不圆，我们不关心，只是大家都是独生子女，儿子或者女儿一去不归，将来老了，孤独的日子将不堪设想。

给父亲办丧事时，我和雨凤看见继良，曾想和他说说话交流一番，毕竟他很快就要远去他乡，很长一段时间可能都见不着一面。但继良沉默不语，我们觉得他是因为他爷爷的去世悲伤所致，就没过多打扰他，可没想到他现在突然出现在了我们面前。

这当然让我们很意外。

我说："继良，你怎么来了？"

雨凤也想说什么，但她没说出来。

继良从容不迫，笑着说："这是我家，我回家呀！"

雨凤说："你还没吃饭吧？"

继良点了点头。

回到家，雨凤赶紧拿出碗给继良盛饭，继良大口扒着饭，雨凤看着急，又下厨做了碗面条，我想问问继良为什么这时候回来，但看他狼吞虎咽的样子，就没问，怕他噎着。

后来，是继良自己告诉我们的。

他说他不走了，他说爷爷弥留之际跟他说叫他别走，傅家还有很多事业未完成。我和雨凤知道父亲是心脏病突发，吴阿姨告诉我，从发病到逝世，父亲根本没说一句话，就算想说，也说不出来。但继良这么说，我们是相信的，他爷爷或许以别的方式告诉他了。

继良说他不走了，他要留下来，留在南繁。这片土地他生活了多年，他知道现在一切都还在建设中，各种条件都不如内陆，

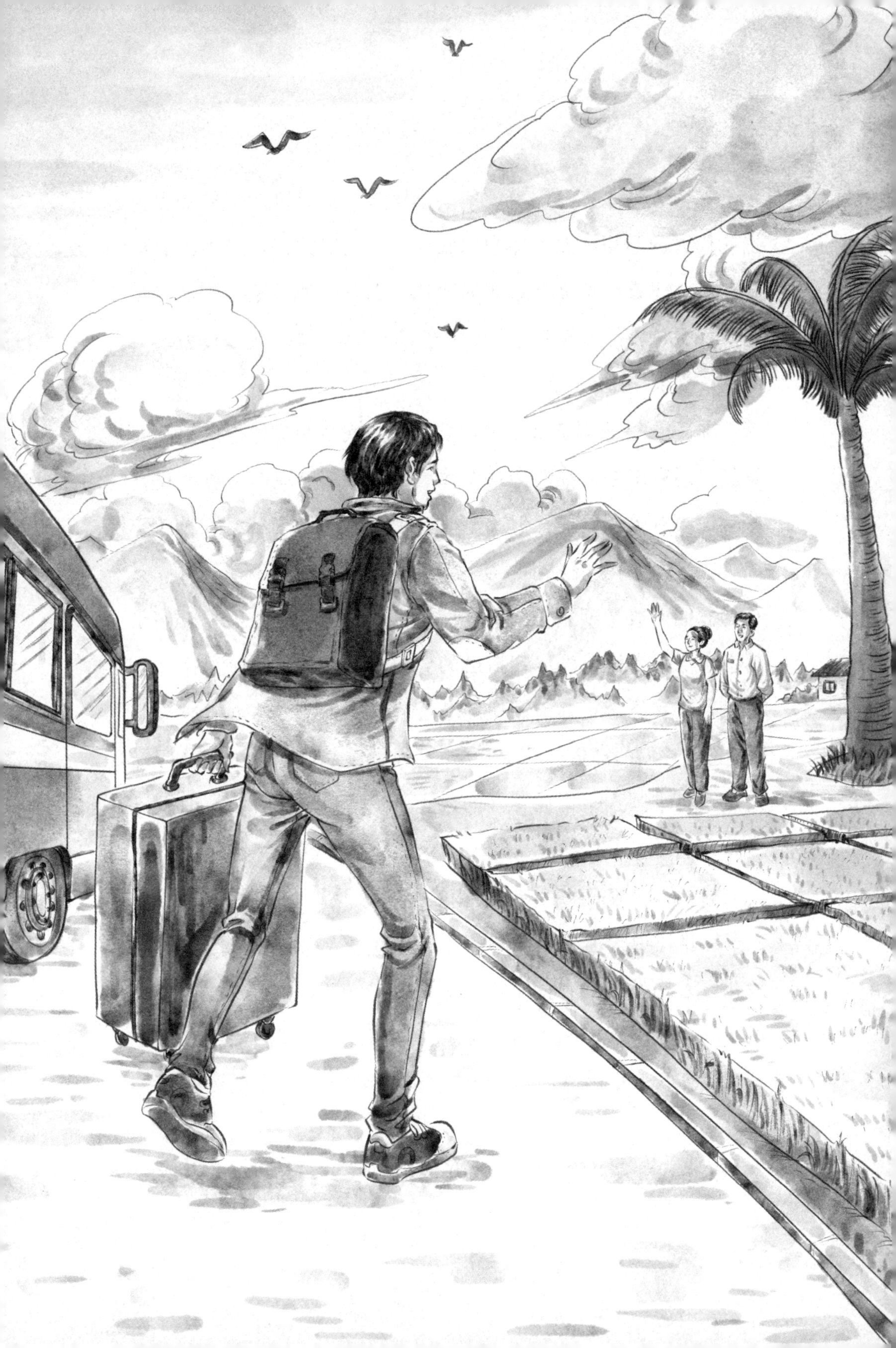

更不如西方那些发达国家，但端牢饭碗、消灭饥饿是爷爷和爸爸几代人的愿望，尤其在中国农村，消灭饥饿是走向小康的重要一步。还有，粮食是重要的物资，那条四处可见的标语"深挖洞，广积粮，备战备荒为人民"，还有古人常说的"民以食为天"，也是爷爷常挂在嘴边的。

继良说："我知道爷爷惦记着这事，我也知道爸爸您和蓝湛叔叔，还有南繁人都在为这个伟大而光荣的事业努力着，我有些后悔没有子承父业，但我不能丢了爷爷那代人身上的优良传统。'继良'是爷爷对我的期冀和希望，我当时并不理解爷爷和爸妈你们的殷切期望，只会任性，当然，我不后悔我的追求和理想，也不是说我没尽到自己的努力或者荒废了学业，我只是说我得把我所学更好地和实际结合起来，或者说尽可能地与爷爷、爸爸你们的理想追求融合在一起，拧成一根粗绳，齐心协力，筑造一只中国人永远摔不破的饭碗。我虽然没学农业，没能延续父亲的专业，但愿力所能及地为南繁作贡献，妈妈和大多数南繁的家属，他们也在支撑着南繁那些育种人的事业。"

继良还说，他要像他妈妈那样，做个人民教师，留在南繁栽花育人。他说，他在南繁待了那么多年，虽然这地方条件艰苦，但实际上他很喜欢这儿的美丽风光，也喜欢这儿的特殊竞争气氛，更喜欢这里微妙的与别处完全不同的能产生意境和诗意的氛围。

我不懂儿子说的诗意，但我读过他写的一首诗，模模糊糊记得其中有些句子是这样的：父亲指尖的露呀，发际的风什么的，皱纹掩映着的土壤，胸腔里的阳光什么的，风卷金沙漫天飘飞，然后成为绿洲，成为人们口中的粮食什么的。继良的句子很美，我背不出来，只依稀记得这些，就因为那回读到继良的这首诗，我和雨凤才发现儿子心目中是有父辈的身影的，他也理解我们的事业，我们一直怀疑继良的追求，应该是长期以来与儿子缺乏沟通所致。

不管怎么样，我和雨凤对儿子的归来，内心感到特别高兴。

但雨凤到底还是嘟哝了一声，那声嘟哝里听得出雨凤的失望和惋惜，我知道那是因为庄雨诗。当初，继良把女同学庄雨诗带到家中来时，雨凤就眼睛放光，喜欢得不得了。儿子刚介绍女同学的名字，雨凤就嚷了起来："哎呀哎呀！我们有缘哩，都有个'雨'字，姑娘，你也是雨天出生的吗？"

我觉得雨凤是故意那样说的，但雨凤确实一直很喜欢庄雨诗。

现在庄雨诗去了大洋彼岸，儿子留在了国内，远隔千山万水，虽说现在还保持着亲密关系，但日久天长、两地隔绝，感情自然就很难维系了，一段姻缘也有可能会终结。

第十六章

想做"种业硅谷"

二〇〇一年 一月二十二日 傅继良

我和雨诗的感情一如既往。

但我妈还是一说起此事就一脸的忧郁。大家都知道她的顾虑,她想的是爱情是爱情,婚姻是婚姻,那么远,爱情当然可能不受距离的影响,但婚姻呢?

她想的也许对,但我似乎没考虑那么多。

这些年,我一门心思投入教学工作中。我妈是校长,我应该成为她很好的帮手。我教语文,很投入,也很认真,我觉得南繁的这些孩子也像种子,是好种子,但还得有阳光和雨露,以及很好的土壤和养料。人们常把学校比作花圃，把老师比作园丁，这一点也没有错。我成了个园丁，我努力地工作，很快就成了学校的骨干教师。

我还是给雨诗写信，当然，是电子邮件，现在通信手段方便多了。

我每天给她去一封信，当然，别人不理解我为什么写信这么频繁，其实我写的不是一般的情书，写的是我们家族的故事。我也不知道这种形式叫什么，家族史？传记？还是非虚构文学？反正我把我从小从爷爷奶奶及爸爸妈妈还有其他的叔叔阿姨那听来的关于我家的故事，详详细细地写了出来。我每天写一小节，没什么拘束，开始只是觉得该跟雨诗说些什么，就讲了我爷爷小时候的事。雨诗尤其爱看，说很有意思哩，比一般的小说好读。我知道我家族的历史确实充满传奇。

我写爷爷当红军的故事，关于长征，关于延安的大生产，关于在山西太行山与日寇的周旋，关于东北的辽沈战役，后来还写到抗美援朝战争……

每写一节，雨诗看了都会啊呀啊呀感慨一通，她说："你在大学里没跟谁说过呀，没人知道你是红军的后代，也没人知道你爸是科学家。"

我说："在大学里，我没觉得那有什么，不值得说，我不会说，也不想说。"

雨诗说："可你现在天天跟我说。"

我说:"现在不一样了,现在我觉得值得说,想说,应该说。"

我写得很认真,雨诗读得也很认真。就这样,傅姓家族几代人的故事成了我们爱情延续的纽带。

写完了我爷爷,我再写我爸,我写我爸当然就涉及他的事业,当然也涉及南繁。

雨诗似乎对这两个字很感兴趣,她打来越洋电话。

"南繁,我怎么在地图上找不到呀?"

我说:"地图上没有'南繁'这两个字。"

"哦,我看你老写南繁,说你爸他们在南繁创业。"

我说:"地图上也没有'硅谷'两字呀。"

雨诗"哦"了声,似乎明白了。

我说:"硅谷位于美国西部加利福尼亚州北部的旧金山湾区南面,硅谷最早是研究和生产以硅为基础的半导体芯片的地方,因此得名。硅谷是电子工业和计算机业的王国……"

雨诗说:"这地球人都知道。"

我说:"南繁是中国水稻、玉米、棉花等夏季作物的育种基地,在海南省北纬十八度线以南三个县市的区域内。全国有近三十个省区市的近千家农业科研机构的近万名科技人员在南繁从事育种工作,应该说南繁是中国农业科研的加速器和种子供给的常备库,南繁是中国或者说全球的种业硅谷。"

"哦哦!"雨诗很惊喜,她说,"你给我多说说南繁的故事。"

我家族的故事,当然就是南繁的故事。不知从什么时候起,我们整个家族都和南繁绑在了一起。我给雨诗讲述的同时，其实也是我自己对自己的一种讲述，我分享给她，也想得到她的反馈。

我回忆了我的爷爷和爸爸。我小时不谙世事当然都能理解，但我少年时的叛逆和任性，使得我看爷爷和爸爸的视线一直"模糊"，我一直没看清我爷爷和我爸爸，我对他们丝毫不了解。这不只是代沟，而是可笑的偏见，让我一直跟他们有距离，也一直没把他们的话或者说教导当回事。

直到爷爷去世，我看见爷爷的几大本日记，才知道爷爷是穷苦矿工的儿子，从小没读过书，从没上过正规学校，能识字写字是当年安源煤矿俱乐部夜校里学来的，用爷爷当初跟我说的话叫"识得的字不到一箩筐哟"。那当然是比喻。紧接着爷爷参加了革命，其他的字是在战斗间隙中继续学会的。爷爷的字写得七扭八歪，但字里行间却记下了爷爷几十年的心路历程。那时奶奶说孙子要给爷爷守七，但没人说我必须待在昭萍，我奶奶、我爸和我妈都知道我签证的事，也知道雨诗在大洋那边等着我，我可以自主决定去还是留。我和奶奶收拾爷爷的遗物时，从那只黑匣子里发现了这些大小不一年代不同的日记本。

我正犹疑不决时，是爷爷那些日记让我作出了最后的决定。

爷爷的故事充满传奇，爷爷的经历也不平凡，一生坎坷和起伏，但有一点是让我很敬佩的——无论何种时候，爷爷永远宠辱不惊，淡泊名利，在普通人的境界里生活，从不高高在上，

也从不居功自傲。在常人看来，他就是一平民老头，且是农村的老农。我从小在他身边长大，在我印象中，他就这么个人，人人说我爷爷了不得，老革命、老红军、开国元勋，但他一直就那么个平凡的模样。

一直以来，我只是很简单地了解爷爷那辈人的经历，只是觉得他们在枪林弹雨中能活下来成为英雄很不容易，也可能他们比别人运气好一点儿，是福将，总能化险为夷。他们出现在报纸里、课文中，还有各种各样的赞美之中，觉得他们非同一般，高高在上。一直以来，我不知道他们内心其实有丰富的思想，内心不仅强大，也博大。

我给雨诗的每一封信，都讲着爷爷的故事，当然不是完全照抄爷爷日记里的内容，我只是把那些作为素材，也掺杂了我的感触，把雨诗当作听众或者读者一样讲给她听，写给她看。

雨诗成了我第一个也是唯一的一个忠实听众和读者，我都不知道自己写了多少封信。

我由爷爷又想到我爸和我妈，还有奶奶、姑姑……我们整个家族似乎都齐心协力做着同一件事，做着同一个事业。

回忆着家族成员的点点滴滴，我发现，我们家可以称得上是种子世家。

我们就用这种特殊的"情书"，一直保持着关系。

二〇〇一年 一月二十四日 傅健宽

有人从广东来,跟我们说,传说广东蕉岭那片山区,好像有人在用竹子和水稻进行杂交试验。

蓝湛笑了:"这怎么可能的嘛!"

我看了蓝湛一眼,我觉得这些日子来,蓝湛有些骄傲,导致他对同行以及别的同行的努力总是抱有偏见,或者说先入为主。我还注意到蓝湛有了一些微妙变化,而且越来越明显。比如他的鞋子变干净了,做我们这行的,成天泡在田间地头,只要在南繁,鞋子从没干净过。再比如说,他喜欢参加各种会议,尤其是学术会议及各类项目评审,只要我没时间,蓝湛就会主动要求前往参加。

这些年社会风气有了些许的变化,当然也很正常,经济大潮翻涌,鱼目混珠,泥沙俱下。

"虽都属于禾本科,但竹子是竹亚科,水稻是禾亚科,两个完全不同物种的杂交通常不亲和,具有排他性,不可能的哟。"蓝湛轻描淡写地说。

我说:"蓝湛,难道你忘了,几十年前我们开展杂交水稻育种时,也有人说过同样的话。"

他不以为然,说:"完全是不一样的两回事。"

我说:"早在二十世纪初期,日本和我国的植物学家就开始研究竹子和水稻之间的杂交。二十世纪三十年代,日本学者植

村秀广就开始研究通过小麦培养液加速竹子芽生长并进行杂交的方法。这些别人不知道，你蓝湛是知道的。"

"那也只是停留在试验阶段，最后不是没成功？他们的三系法不是最后也没能推广？"蓝湛说。

我瞪大了眼睛看着蓝湛。

他没在意我的诧异，他似乎显得很正常："和我一样，一个梅州山旮旯里的农校中专生，挑头搞顶尖的国际重大课题研究，不撞个头破血流那是不会回头的……"

我突然想起那年的事，是多年前的往事了，似乎是一九八八年，我收到过一封来自湛江的信。一个叫程金好的年轻人，请我前去对其培育的海水稻进行指导。我记得那年父亲生病，我正好要回昭萍老家帮忙指导一批种子培育，来不及去见那个叫程金好的年轻人，是派了蓝湛去的。蓝湛回来给我汇报，也是这么个语气，我当时没太在意。蓝湛当时跟我说，程金好的个头不算高，看起来就是个普通的中学生，据说是市农校毕业的一个中专生，且学的还是果木，专业根本不对口，而且三无——无学历、无单位、无资质。

我说："你自己也知道你是个中专生呀？"

他说："我当然知道，我是一直跟了你傅老师嘛，是你一直牵头挑大梁带着我走到今天，靠我一个中专水平的人，那些事，我想都不敢想……"

"你看你，蓝湛，怎么这么说？"

"是我造化大，运气好，福大命大，一出校门就认识了师傅你，有贵人相助，是你带着我走出这条阳光大道的，我得一辈子感激你，你和革命老先生都是我的恩人……"

我是个心软的人，人家话说到这么个层面了，我还能说什么？我也突然发现，蓝湛大不同于先前了，不仅在育种技术上已经达到了一定的水平，也拿到了国家和社会相关的认定和相应的地位，得到了很高的荣誉，最让人惊讶的是他的口才和社交能力也今非昔比。

他真的很能说，用我儿子继良的话说叫能言善辩。

蓝湛那么一说，本来肚腹间硬硬的一些字词，还没等从嘴里跳出来，就化成了软泥，沉到心里那口潭里去了，心里那股怒火也消失殆尽。

第十七章

庄雨诗从美国来到南繁

二〇〇一年　十一月十一日　傅继良

　　两个月前，美国发生了前所未有的恐怖袭击事件，恐怖分子劫持飞机撞了美国纽约世界贸易中心一号楼和二号楼。世界贸易中心一号楼和二号楼又称双子塔，是纽约市的标志性建筑，也曾是美国纽约最高的建筑物。

　　看到美国纽约世界贸易中心双子大楼遭遇恐袭的消息，我立刻就打了雨诗的电话，但怎么也打不通，当时我那个急呀。我知道雨诗工作的地方就在世界贸易中心的那条大街上，她被一家华语电台雇用，做播音员。她的声音很甜美，在学校时就是学校的广播员。

直到第二天黎明时，雨诗才打来电话。她在电话那头说，现在依然很乱，当时一股气流甚至掀掉了她工作室的窗户，不仅她的工作室，他们整栋楼房，还有旁边的楼房皆窗洞大开。

雨诗安然无恙，我就放心了。

没想到雨诗在电话那头说："哎哎，继良呀，我想回国。"

我说："回来安静地休养一段时间也好。"我掩盖了自己的欣喜，我太想念雨诗了。

我那时不知道雨诗的真实想法，我以为是因为经历了那场恐怖劫难，他们的工作环境一下子难以恢复正常，更重要的是，一场突如其来的恐怖袭击，让目击者心理受到强烈刺激，需要进行心理康复治疗。我想，那个时候，雨诗最需要的是我。她想回到我身边休息一段时间，也正好缓解一下我对她的思念。

那天，我亲自开车去凤凰机场接的雨诗。现在不仅从内陆来南繁交通已经非常便利，就是从国外来，也不是什么难事。三亚有了机场，开车从机场到南繁最快只要十几分钟，远的地方也就个把小时。

我接到雨诗，驾车直接回基地学校，虽然我们分离了很多年，但我觉得似乎两人一直在一起，我们说着话，不知不觉就回到了家。

我回到家才留意到一个问题，雨诗的行李怎么那么多？足足有两个大行李箱。

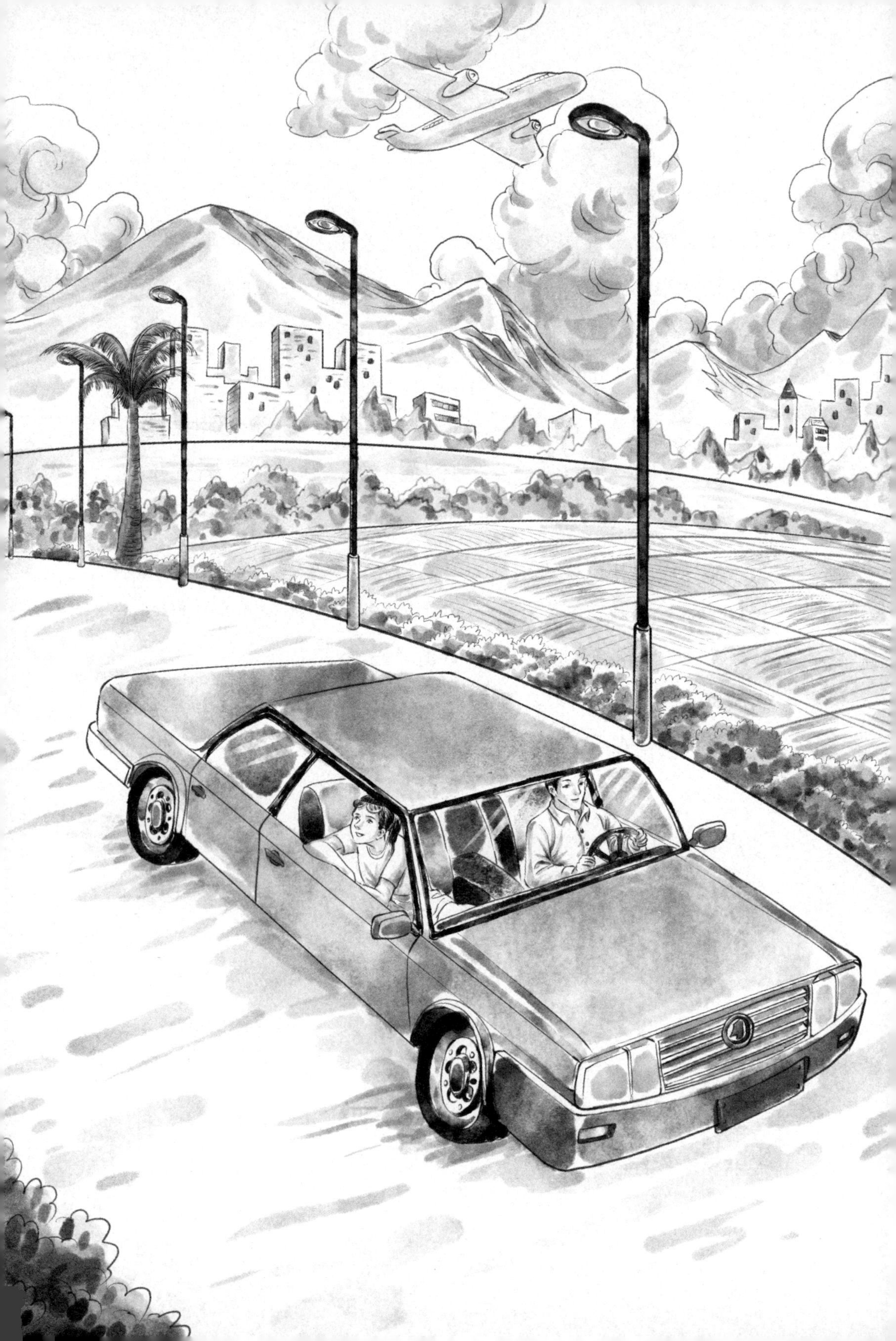

我说："你搬家呀！那么远，弄这么多东西回来。"

雨诗说："就算是吧！"

我看着雨诗，心中有一个很大的问号，什么叫"就算是"呢？这话什么意思？

雨诗说："我已经决定不回美国了，我要跟你们在一起。"

我嘴巴张得很大，这当然让我十分意外，还有她没说"你"，说的是"你们"。我知道加的这一个字，意味深长。

我说："你也不跟人商量下。"

雨诗说："不用，我自己做主，谁都没说，跟我父母都没说，我怕一商量，对方若有不同意见，摆出各种理由，说出各种道理，我就动摇了，所以我没说，不跟任何人商量。"

我欣喜若狂，但我按捺住了，没显现在脸上。我爸我妈还有邻居同事听到这消息，也都有些吃惊，有人说："被那场前所未有的恐袭吓坏了吧？"当然不太有人相信，美国那么大，就是有点儿惊恐，离开纽约去别的地方待也不是不可以。

那是不是为了爱情？

雨诗后来跟我说："我也搞不清楚嘛，咱们互相的感情，我也从来没怀疑过。在美国，我的朋友中像我们这样的情况也有很多，可是远隔重洋两地分离，搁着搁着就搁凉的多了去了，可是为什么我们没有凉呢？我也想了很久，我觉得应该是因为你的那些信，没有那些信，我就不敢说了。可是，为什么你给我写了那么些信呢？归根结底，还是感情嘛。我读了你的那些信，

185

才最后下定决心,你们傅家几代人走的路,正是中国爱国志士一直在走的路。"

我很感动,我写那些信的时候根本就没想到会在雨诗的思想和情感上产生这么大的效果,有如此巨大的动力。

尤其那句"我读了你的那些信,才最后下定决心,你们傅家几代人走的路,正是中国爱国志士一直在走的路"。

二〇〇二年 三月四日 傅健宽

才过了春节,蓝湛突然给我递交了一叠纸。我打开一看,跟育种无关,又似乎跟育种有关。

开篇读得我有些不舒服,不知道他是自己写的还是从什么地方直接引用的,洋洋洒洒:

"科研成果是一个巨大的信息资源宝库,只有被挖掘出来并充分利用,才能转换为直接的生产力,使其更好地为经济建设服务。要做好科技成果向现实生产力的转化,人是决定性因素。作为科研工作者,首先要提高科研工作面向经济、服务经济的思想认识,明确科研工作以利用为中心,以效益为第一的指导思想。要求科研人员树立服务观念、信息观念、效益观念。要进一步解放思想,勇于创新,围绕当前经济建设,特别是市场经济迅速发展的需要和特点,深入探索和大胆开辟开发利用科技档案服务经济、创造高效益的新途径和新办法。

"马克思主义认为科学技术是第一生产力。当今世界，科学技术飞速发展，从经济建设到人们社会生活的各个方面，无不渗透着科学技术的作用。科学在商品价值中的含量已日益占到主要地位，发达国家的经济发展主要是靠科学技术实现的，可以说科学技术已经成为现代生产中最活跃的决定因素和最主要的推动力量。科学技术和科研成果是科学研究的主要载体，是一个巨大的信息资源宝库，只有被挖掘出来并充分加以利用，才能转换为直接的生产力，使其更好地为经济建设服务。通过多种途径，利用市场机制实现科技成果的转换将成为当前探讨和实践的一个新课题。相关科研部门更不能安于现状，不思进取，墨守成规，等待观望。而是要把握机遇，迎接挑战，大胆创新，积极开发利用科技信息资源，走向经济建设的主战场，主动为经济建设服务。"

后面还有很多，通篇都是强调科技成果转化为经济效益的重要性、必然性和可行性。

蓝湛在最后写道："在市场经济条件下，科研工作如果不与经济效益挂钩，那么科研工作也就被视为可有可无的了，所以科研部门必须在大力开发科技信息资源的基础上，使利用范围得以拓展，创造更多的物质财富，产生更大的经济效益和社会效益。"

读完这些，我说："这些我都明白呀，我们也一直在这么做，你到底想跟我说什么呢？"

蓝湛说："老师，你还没看完哩。"

我这才发现还有一张纸漏了没看，那张纸上的字并不多，但这其实才是最重要的，才是实质。

蓝湛打报告，说想要创办公司，如果基地不允许的话，他可以停薪留职。

我知道，其实蓝湛很早就有这种想法，他时不时就给我透露大特区商界的一些"情况"，讲我们共同认识的人怎么有成就了，发财了，成为社会精英了……

我只是一直对那些话题不感冒而已。

我没吭声，蓝湛似乎知道我在想什么。

"老师，目前我能做的工作，有大把的年轻人可以替代，这得益于你多年来培养了足够好的技术力量，也招收了不少年轻的人才。再说，也应该让他们有更多的机会在重要的岗位上锻炼，我长期占着也不合适。"

我说："你和我一起育种几十年，就是来南繁一起创业也有三十年了，你真舍得离开？"

"我没离开呀，哪离开了？我只是把我们的科技成果转化为经济效益，还是和种子有关呀！再说，公司设在三亚，离南繁最多也就几十公里，在北京，还没出四环哩。"

我当然不便再说什么，人各有志，不能强求。但我觉得我说的远近和离开，不是指距离什么的，蓝湛根本没听出来，他可能那时满脑子就是别的东西了，不像以前，全心全意扑在育种制种上，而是受社会上的潮流影响，一切向钱看了。

二〇〇三年　四月八日　傅继良

这一年的阳历和农历整整差了一个月，大年初一是二月一日，二月八日就是初八。

初八这天，我和雨诗举办了个简单的婚礼，然后就在基地学校的宿舍里住了下来。我没住在家里，我爸和我妈也不主张我们住在家里，既然有房子，为什么不独立？他们主张我们独立生活。

我以为雨诗可能会对新的生活不太适应，有时我会小心翼翼，并且主动承担家务，但雨诗似乎不在乎这一点，从不抱怨，很是贤惠。雨诗也写诗，我们正是以诗为媒而相识相爱的。那年，有人组织了一个诗会，我们相识了，后来就相爱了，不到一年，雨诗就去了美国。

但我们很少给对方写诗。我们就是人家所说的——缘分。

但我想的却是另外四个字：臭味相投。

我跟我爸我妈都说过我和雨诗的事。那时雨诗已经出国，我妈说八成是水中月雾中花，好是好，但虚无缥缈不现实。我爸也固执地认为，出国的年轻人，尤其是去美国的年轻人，一般都不愿意回国。

但雨诗却实实在在地回国了，也实实在在地和我结婚了。有人说我和雨诗不是冤家不聚头，我们当然不是。也有人说我们是前世的姻缘，我们也只笑笑，我和雨诗不信这个。

二〇〇四年　七月九日　傅健宽

一周前，妹妹傅年灿打来电话，说吴阿姨病了。我心像被什么揪了一下，我知道情况一定很严重，一般的情况，妹妹不会给我打电话，且电话里听得出妹妹掩饰不住的焦急和忧虑。

我想了两天，到底还是把话说了出来。

我跟雨凤说："你看上有老下有小，非常时期呀！"

雨凤知道我话里的意思，但她犹疑地看着我。

"雨凤，我看你还是回昭萍吧。"

"我回了你和小玉怎么办？"雨凤说。她说的小玉就是孙子傅庄玉，那时，小玉刚快满周岁。

我说："你正好带了小玉回老家去吧，上嘛，能照顾老，下嘛，也能顾全小。"

"可是你呢？"

我已经六十五岁，但因为特殊原因，我并没有退休，科研一线需要我，国家给了我院士的荣誉，我就要尽一个院士的职责，只要不是老到不能动弹或者说生病躺下，决不放下手头的科研工作。雨凤对我的工作很支持，当然，考虑到我的健康，虽然对工作有点儿依依不舍，但她前些年还是在学校提前退了休，专门照顾家庭。

可现在出现新的情况，雨凤的计划得改变了。

今天，是继良和雨诗开车把一老一小送去机场的。回来时，我看见儿媳妇眼睛红红的，我知道她舍不得儿子小玉，但南繁这地方，好几代人中有很多人都经历过这种生活，聚少离多。

南繁人总是经受着许多外人不能体会的窘迫和艰难，虽然情况在不断好转，但几代人一直在付出。

当然，现在远比我们当初好多了。

那一整天我都在唠叨，我跟儿子和儿媳讲南繁草创初期的那些往事。其实过往的点点滴滴他们都清清楚楚，但还是耐心地听完了我的唠叨。尤其儿子听得很认真，我开始还有些奇怪，但后来就不奇怪了。

我听说儿子已经不大写诗了，他除了一心扑在教学上，就是在勤奋写作。他从不跟我讲写了什么，我也只是从雨诗那得来一鳞片爪，知道儿子欲把傅家的家族史写出来，我不知道他能不能成功，但我一直希望有人写写，写出来，不仅是傅家的家族史，可能还是整个南繁的发展史。

儿子很愿意听我讲那些，每个字都可能成为他的素材。

但儿子的工作很快就忙碌起来，雨凤退休后，继良挑起了他妈妈的担子，担任了基地学校的校长。

第十八章

南繁新生代

二〇一〇年　九月九日　傅健宽

继良为了完成他的那部作品，一直在关注和收集南繁的相关资料。

那天，孙子傅庄玉举了一份报纸乐颠颠地跑进我的房间，他满脸的喜悦。他是在南繁的新生代，虽然一直在老家待着，但毕竟是在南繁出生的。他在南繁上了小学。过去几年，雨凤已经很好地替我尽了孝心。吴阿姨虽然不是我的亲妈，但一直以来她把我视如己出当亲儿子待。人心都是肉长的，我也视其为亲妈。但我一直专心育种，长期在南繁，照顾不到吴阿姨，尤其是我父亲离世后，吴阿姨一直想让我陪伴在她身边的，我原来提议把她接来南繁，可她却说不适应海南的气候，我想，人老了都那么想，叶落归根，不想出远门，尤其是去"天涯海角"那么个远地方。吴阿姨瘫在病床上的几年，都是雨凤和妹妹年灿在照顾。

吴阿姨到底没有熬过那个冬天，她安详地走了，妹妹说吴阿姨算是解脱了，她竟然没喊一声疼，她是开心地离开的，去另一个世界寻找父亲去了。我知道妹妹想安慰我，我一直问心有愧。

吴阿姨去世后，雨凤带着小玉回到了南繁。

孙子很亢奋，他举着那张报纸，我知道他是受他爸或者他妈妈的怂恿蛊惑。我明白儿子的苦心，他想让小玉对父辈产生崇敬的感情，这其实是一厢情愿，他自己小时就格外"叛逆"，也许当年我也是那么过来的，但我不记得了。每个人都有叛逆期，这是成长的必经之路。

继良和雨诗总跟小玉说南繁，南繁成了我们家族的自豪，其实是每个中国人的自豪。

那张报纸肯定是小玉他爸或者他妈特意给他的。

小玉坐在我面前，让我再读一次报上的文字：

"……从三系法到两系法，从一般杂交稻的成功到超级杂交稻一期、二期，再到三期，南繁的水稻育种专家们，将水稻产量从平均亩产三百公斤先后提高到五百公斤，再到七百公斤、八百公斤。如今已经七十岁出头的学科带头人，依然老骥伏枥，壮心不已，带着他的团队继续前行。他说自己还有两个愿望，一是近几年，完成第三期超级稻要实现试验田亩产九百公斤的目标；二是把杂交水稻推向全世界。到今年，我国累计推广种植杂交稻近六十亿亩，每年增产的稻谷可以多养活近亿人口。院士说他有两个梦想，一个是禾下乘凉梦，禾有树那么高；二是杂交稻覆盖全球梦。全球有一亿六千万公顷稻田，如果有一半种上杂交水稻，按现在的亩产推测，每公顷增产两吨，可以多养活五亿人口。他和他所带领的团队，脚踏实地地朝着这个方向一步一步地迈进……"

孙子年纪还小，他当然不懂什么三系法、两系法，但听得认认真真，一点儿也不含糊。

小玉听完，歪着头对我说："爷爷，他真的在做一只很大的碗吗？"

"什么？！"

"妈妈说报纸上说的那个人在做一只看不到边的碗，可以把天都装下。"

我哈哈笑了起来，那肯定是儿子和雨诗的想象，他们总是爱用诗的语言来表达。虽然有些夸张，但却是那么形象。我点了点头，又摇了摇头。

"不是他一个人在做那只大碗哟，很多很多的爷爷奶奶叔叔阿姨还有哥哥姐姐们都在做。"我对小玉说。我说得很认真，小玉听得也很认真。

"我长大了也要和大家一起做那只大碗!"

我对孙子说:"你行的,你一定行!"

二〇一六年　九月一日　傅继良

庄玉今天成了一名初中生,我亲自送他去的学校。那是所普通的学校,她奶奶曾是这所学校的第一批教师,后来成为校长。我和他妈妈后来也成为这所学校的教师,后来我又接过我妈妈的接力棒,成了这所学校的校长。

儿子是我和雨诗的学生,他已经小学毕业,也将在这里初中毕业。

雨诗和他爷爷曾经给他讲过的"那只装天的碗"也一直在他心上搁着,长大的他当然知道那是句比喻和夸张,但儿子却坚定了信心走他爷爷的路。那么小,就有一粒种子种在了他的心里。谁说那粒种子不是粒优良的种子,会在他心上生根和长大?

我知道我爷爷曾经希望我像儿子傅庄玉这样,从小有种子的理想,成为种子世家。

我不知道那时为什么没往那条路上走。我无数次认真回忆,仔细想了想,也没想出个眉目。我的少年,处于中国重要的改革之初,各种思潮如雨后春笋。尤其文学,我也春风沐雨,就像上了瘾似的喜欢上了诗歌。

第十九章

把自己当成一粒种子

二〇一六年　十月一日　傅健宽

　　今天是我的生日,七十七岁了,我是国庆那天生的。当然,我出生的时候新中国还没成立。但自从一九四九年以后,我的生日总是沾上国庆的喜气。这很好,天安门广场铺满鲜花,家家户户在这一天插上大小国旗,祖国上下,红旗飘飘。

　　我喜欢这一天的到来。

　　蓝湛自从做了我的助手,这一天他都会来给我庆生。后来他离开基地去做生意,我生日这天,他再忙碌也会特意赶到基地来。凡逢年过节或者什么重要的日子,蓝湛也总会来基地看我,带上一点儿礼物，跟我说上一些话。话题当然与南繁相关，但近几年我感觉有些话蓝湛说出来有些言不由衷，他似乎对生意上的事更加感兴趣些。这也不奇怪，人说干什么就顾什么，就关心什么，在商言商嘛。

可今天他却没有来。

蓝湛在端午那天来过一次，我跟蓝湛说起程金好，就是那个默默无闻在老家从事海水稻培育的年轻人——不过现在早已不年轻了，也是四五十岁的人了。那个曾经无学历、无单位、无资质的"三无"年轻人，现在是"三有"了——有成就、有名望、有资金。

经过努力，一个"三无"人员变成了"三有"人员，不仅"三有"，而且，程金好对水稻的贡献也是难以估量的。

我说："年轻人敢想敢干，不怕寂寞和清贫，专注于科学，刻苦钻研，终有回报。我国盐碱地面积有五亿多亩，其中滨海盐碱地有两千多万亩，如果这些盐碱地都能种上高产的海水稻，你想想看？"

我还是雨凤说的那样，一说到育种和培育优良稻种的话题，就亢奋，就忘我，就乐得屁颠屁颠的。我确实是那样，一直以来，我自己也知道这一切。我一说起水稻育种，就更加亢奋，话也滔滔不绝。

我说："那个程金好真的也不容易，几十年默默无闻，埋头自己的研究，谁都以为他是疯子，以为他竹篮打水，但这么多年过去，他却已经在湛江遂溪的虎头坡海水稻种植基地育有一百多个海水稻品种。我去他那看过了，和一般的稻谷相比，这些成熟的海水稻有的高度超过两米，比人还高；从生产特性上来说，抗倒伏性比较好，抗涝，两广和海南台风多，普通水稻被水淹没一周左右就会倒伏，严重减产，而海水稻影响不大，不怕台风，前景看好；最主要的是耐盐碱性很好，海水稻就生长在海边滩涂地上，这种水稻极有可能可以把盐碱转化分解，如果真这样，海水稻还有一个重要作用，那就是可以改良盐碱地。全球有一百四十多亿亩盐碱地，想想看，海水稻对中国、对全世界人类的影响将是不可估量的。"

我越说越兴奋，一般情况下，我亢奋起来就滔滔不绝，说不上是妙语连珠绘声绘色，却像是在讲台上，很是享受。听的人当然不会插话，也都插不上话。我瞥了一眼蓝湛，看见他在喝着茶，脸上虽带着笑，但笑得有些不自然。

我也说起那个培育竹稻，人称"黎疯子"的黎彰优。

我说："记得不？也是广东的一位草根专家，十五年前你不相信人家研究的竹子和水稻之间的杂交试验，你说竹子是竹亚科，水稻是禾亚科，两个完全不同物种的杂交通常不亲和，具有排他性，不可能的。"

蓝湛看着我，一脸的平静，他甚至又笑了下，说："我是说过呀，那时觉悟真的有问题。我还说，和我一样，一个梅州山旮旯里的农校中专生，挑头搞顶尖的国际重大课题，不撞个头破血流那是不会回头的。"

我有些诧异，但我还是听出他语气中的不以为然。

我想跟蓝湛好好说说黎彰优，我想说，人家也不简单的，这么多年来，这位广东偏远小县的"民间专家"，带领一家人，躬耕田间，利用青皮竹和水稻这两种同科不同属的植物进行超远缘杂交，使竹子的异源植物优良基因转移到水稻中，培育出根系发达、抗逆性强、口感好、味道香、营养佳、产量高的"竹稻"。

但我没说，觉得不便再多说，蓝湛可能听了会受不了。

可没想到蓝湛自己却接了话题，跟我说："如今，那个当年的中专生可了不得，今非昔比，由他一手研发的竹稻受到民间认可，梅州多县均有农民试种，亩产也超千了，经权威机构检测，竹稻含植物蛋白质和硒等微量元素较高，现在市场前景广阔。"

"他们两人那我都去过了，眼见为实哟。"蓝湛跟我说。

我有些诧异，看着蓝湛。

蓝湛脸现喜色，说："我去拜访过他们，我对他们的科研成果转化为经济效益很感兴趣，我对他们说，无论是海水稻还是竹稻，未来消费前景一定广阔，因此，起步的价格一定要慎重。我跟他们说，不能因为消费群体不了解产品，就从低价位起步，那不行！"

现在我更诧异了，不仅是诧异，而且是有些瞠目结舌。我没接话，我也接不上话，更不想接话。

我继续听蓝湛说着。

蓝湛说："我说得学习世界五百强那些超大超强企业的做法，比如饥饿营销法。"

蓝湛自己咧嘴笑了下，有点儿得意扬扬。我却没笑。

"我给他们上了一堂课，讲了很多，他们哪懂什么饥饿营销法？我说饥饿营销法是指将生产规模严格控制在比市场容量小得多的范围内，有意识地压缩产量，以达到产品畅销为目的的销售策略。饥饿营销模式就是商家利用商品稀缺的特点造成市场上的'饥渴效应'，以此来提升人气，吸引消费者眼球。在市场上不断采用这种限量供应的方式，控制铺货速度，从而引发价格在产品销售初期的飙升，以达到更好的市场与经济效益。他们听了，点了点头，又摇了摇头，他们说，大米等粮食不可能像手机等科技产品那样采用饥饿营销法，小米可以模仿，但大米不行呀。我说，哈，怎么不行了？我看你们在大力推广种子，扩大播种面积，那就不是饥饿营销。表面上，你们赚了种子的钱，但种子能赚多少钱呀？"

我实在听不下去了，有东西像浊浪一样在我心里翻腾着。我没法发火，何况我不是那样一点即燃的火暴脾气的人。再说，蓝湛说错了吗？这种说法，在周边我听到很多人说过。他现在不是育种专家，不是我的助理，不是南繁的一员了，他是商人。在商言商，他没说错。

我咳了一声，雨凤从里间闪身进了客厅。

但蓝湛已然忘乎所以，依然在那海阔天高喋喋不休。

蓝湛说:"我跟他们说,既然那么多年含辛茹苦好不容易才研究出这么好的科研成果,那就得充分体现它的价值,既要懂培育种子,也要懂培育市场,这叫追求最高利润值。"

我连咳了好几声,雨凤赶紧过来拉了我,说:"老傅,你看你们聊得都忘吃药了。"

雨凤拉我进了房间,丢蓝湛一个人在客厅里,我不知道蓝湛是什么时候离开的。

从那以后我再也没见过蓝湛了。

前些天的中秋他没来,今天国庆节,直到天黑也没见他来,甚至没他的电话和短信……

二〇一六年　十二月二十七日　傅继良

我爸决定跟我们一起回昭萍过年,一路上我爸都显得很亢奋。现在交通很方便,我爸说,以前从昭萍去南繁或者从南繁回老家,单程要走六七天,如果碰上台风天,十天半个月的才到也不是不可能。

这几年,我爸基地那边的事务,都由他带的学生负责了,他带了好几个博士,他说很放心让那几个孩子干,他们细心认真,也掌握了足够的知识和技术,再说他们需要出成果。

我知道,我爸最放心的是他那几个学生的责任心,我爸说,在南繁工作责任心很重要。我想,不只南繁这样,做人,在

哪儿责任心都很重要。

他给学生们上第一课时,就跟他们说:"你们学的是遗传育种专业,先要把自己当作一粒种子。"

我第一次听我爸说这句话时,我觉得他也是很有诗意的一个人。

我爸育种,更是育人,他不仅带学生,还着力培养农业技术人员。我爸从家乡坪下带年轻人出来,给他们上课:"你们来这里,不是当普通的场工,更不是过去的农民,你们是育种的技术人员,南繁育种是个庞大复杂的工程,你们也是工程师哟。"

我知道,除此之外,我爸他还有许多牵挂。

我爸其实也知道科技的价值。多年前,蓝湛叔叔离开基地去经商时,我爸跟我聊了一夜,聊科技成果转化为经济效益。但他想的经济效益,是大家的经济。

我知道我爸早在二十世纪七十年代初期就带了家乡的一些年轻人去了南繁,昭萍自古田少人多,新中国成立后,建设的重心放在矿务上。但多年过度开采,在那时候百年老矿早已开采殆尽,再无资源可控。爷爷和爸爸很早就对此有过忧虑并做出思考。于是爸爸带了一批坪下的乡亲去南繁,这批乡亲逐渐适应了海南的气候,也学会了制种的技术。

二十年前,我爸想到已经完成杂交的种子,应该可以在南繁以外开辟"第二战场"。他跟他的那些乡亲说起这事,那些乡亲说:"老师,你说行就行!"我爸从那时起,就鼓励大家在家乡制种，他亲自授课。我爸每次回老家，每天忙碌的就是教学传授制种的专业知识。

不知不觉，这么多年过去，坪下乡培养出了几百号技术骨干，这些技术骨干又成了师傅，带了一批又一批的年轻人出徒。

老家那地方叫湘东，但其实并不属于湖南，是昭萍的一个区，属于江西但不叫赣西，却叫湘东，是不是这里自古以来就属于湖南？都这么说，但这不重要。

坪下是湘东的一个乡，地处湖南江西交界，是我的故乡。我爸二十世纪七十年代初要去南繁育种，但得有劳动力。当年南繁那地方几近蛮荒，自然条件恶劣，社会环境落后。即使是海南岛，自古都是贬官流放之地，被人视作"鸟不拉屎"的地方。当然这是形容和夸张，事实上那地方植物茂盛，是鸟类的天堂，只是相对落后些，当年去那做活，得受很多苦。据说我爷爷当年动员乡亲，苦口婆心。我爸更是恨不能跪下求乡亲援手帮忙。最后可能是我爷爷这个老红军老革命的威望起了作用，也可能是乡里乡亲的，有人觉得该出手时就出手，加上我爸他那份诚心和那种执着，终于有十几个年轻人跟着我爸去了南繁。我爸说，当时除了致力于科研外，他还得顾及那些乡亲的生活，生怕他们坚持不住。好在那十几个乡亲一直坚持了下来。后来我问当年的一个年轻人，我叫他傅力叔叔，我说："叔，你们那时是不是有人想走的呀？"傅力叔叔说："那时大家拿工分再加上点儿补助，没有什么收益，谁愿意跑到天涯海角来受苦呢？是

你爷爷你爸爸他们身上那种力量,像是无形的绳子绕着我们腿脚,想走走不了哟。"

"知道什么叫'三子日子'吗?"傅力叔叔问我。

"不知道。"

傅力叔叔说:"这还是你爸总结的呢,当时我们生活极度艰苦,有几样印象深刻,天天要出现。'三子'指的是吃的是豆子饭,走的是沙子路,睡的是棍子床。当时不习惯当地饮食,是用老家带去的豆子下饭,其实是乡间把豆制品霉豆腐酱豆子什么的当菜下饭,叫吃豆子饭;沙子路不用说了,那些年没一条水泥路、柏油路,都是土路,很难走;棍子床呢,就是用木头随便支的床,把棍子绑一起支了就睡觉,那个艰苦哦!"

后来,傅力叔叔也成了育种专家,成了乡里的致富带头人。几年后,他和十几个坚持下来的年轻人终究得到了好的回报。我爸培育出了良种,也因此名声在外。我爸说:"家乡是不是也能因种子摆脱贫困?"

傅力叔叔还跟我说:"没你爸哪有我今天?好在那时咬咬牙没走,坚持了真还就胜利了,你爸真的不同凡响,他看得比一般人远。"

我知道傅力叔叔说的是什么,其实我爸很早就考虑科技成果转化为经济效益的问题,但我爸像我爷爷一样,多是为了大家的利益,不是小我,是大我。这一点,我知道我爸继承了我爷爷的"德性"。记得小时候,爷爷常跟我爸和我姑姑在口头上挂着一句话："要注意群众影响，要多想想群众哟。"

我那时不理解，爷爷和爸爸还是停留在他们那个时代，"狠斗私字一闪念"，一切为他人着想。我觉得这不可能，不是常说"人不为己，天诛地灭"嘛。

但我爸确实是这么想的，也是这么做的。

他说："南繁毕竟有限，是不是可以扩充外延？"我当时以为他说的是地理和气候意义上的，但那不可能。他很早就带领傅力叔叔他们在坪下等地试验制种，培育出来的杂交品种在异地大量制种，予以推广，让家乡的乡亲因此脱贫。我觉得他是这个意思。

这么多年来，我爸一直做着这件事，但农业是个务实的产业，不是个暴富的行当，何况农业至今依然还得看"天老爷"的脸色，风调雨顺时当然无话可说，但一旦涝呀旱的就可能入不敷出。

但我爸却认准了制种这一产业，让坪下乡他带出的那些制种技术能手回乡，成立了合作社，先拓展了一些好田做样板。第一年，旗开得胜，多方检验合格，达到相应标准。接着，逐年扩大制种面积，也逐年扩大影响，开拓市场。

没出十年，坪下的制种产业在国内已经小有名气，制出的种子得到了农民的认可。

后来，周边的几个村镇也都受到影响，不断有人加入制种合作社，种子田不断在扩充。我爸信心爆棚。

傅力叔叔那支十几个人的场工小队，从七十年代开始，每年都有人加入，十几年后，几乎坪下乡的所有青壮都加入了这支队伍，他们中有祖孙三代人，甚至有不少妇女也加入了这支队伍。四十多年后呢，加上邻乡，这支队伍有几万人了，成了一支制种产业大军。

他们分布在南繁和昭萍。

打造摔不破的中国饭碗之大业，成了他们的饭碗，不仅仅是饭碗，还是钱袋，成了老家脱贫致富的钱袋。

二〇一七年　一月二十八日　傅健宽

大年初一，一大早，拜年的短信和电话就源源不断。

今年在昭萍老家过的年，这里冬天有点儿冷，但过年却很热闹。这与南繁形成了巨大的反差，一近年关，南繁除少量留守人员，大部分人都回内陆过年了。一夜间，南繁就像放假后的校园，突然被什么给抽空了，空空荡荡的。当然，也有人留下来，留下来的都是像我这样的人，我不放心手头的科研，知道时间的宝贵，也不放心田里的种苗，它们像摇篮里的婴儿。

当年，只要我在南繁过春节，蓝湛几乎都会陪着我。

但今天，蓝湛的短信和电话没来。

不管怎么样，蓝湛他对我的感情还是很真诚的，很久没来看望我，也没个音信，最初我就感觉不妙。去年我生日那天，蓝湛没来，傅力几个给我透露了一点儿情况，他们跟我说蓝湛没来，是因为他失踪了。

我吓一跳。

我说："蓝湛上次来还跟我说他一切都很好，看上去一切正常的呀，还开着那叫什么宴的车，记得儿子还在我耳边嘀咕了四个字——光鲜生猛。他还说别墅呀、临海的大酒店都盖起来了，还说到时请我去海边休闲几天。"

傅力说："他生意做得大了，胆子也就大了，人掉进钱眼里，基本看不清一切了，满眼都是黄金。"

有人说："是贪心更大了吧？"

傅力说："蓝湛确实开发了十几幢别墅，也建了一幢十二层的大酒店，可他别墅建在承包的杧果园里，酒店是小产权，没有取得合法的相关手续，属于违章建筑。前段时间，政府大力强拆违章建筑，蓝湛的那几个项目全被强拆了。"

我很是惊讶："他怎么这么做？！这……"

他们说，不仅这些，他投资这些"项目"的资金，大部分是非法集资而来的。他们说，人心不足蛇吞象，现在被象踩成肉酱了，蓝湛只能躲起来了，躲债主，躲熟人，躲一切……

他能躲得了吗？人说躲得了初一躲不了十五。

唉，我长叹了一口气，想起蓝湛刚毕业时那青涩的样子，想起那年蓝湛和我一起闯天涯，一起在南繁创业的情形，心里翻江倒海。我知道自己的脸上肯定颜色不好，肯定黑灰了，我觉得蓝湛沦落到今天这地步，似乎我也有责任。

想起这些，我常常脸色就有些阴沉。但很快，我就无暇顾及那些了，有人不断地上门拜年，一张张笑脸，一句句吉祥贺语，让人心暖。昭萍古风犹存，这地方的人重人情，尤其懂得知恩图报。但这一天，来的人特别多，我很快就看出了不一样，但是这个"不一样"在哪里，我说不好，就什么都没说，直到最后我的一个中学同学跟我说："健宽，我家崽有你家继良一半孝心就好了。"

我说："你看你这话说的。"

老同学告诉了我继良的所为，原来他给他们打了电话，告诉他们我回昭萍了，儿子说要替他爸请几位要好的老同学喝个酒叙叙旧。老同学说大年初一饭店还没开门哩，大家就过来先拜年喝茶叙旧。

我知道儿子是想冲淡我的那点儿阴郁，于是出这主意让我的老同学们过来。

我想，正好，我正要和他们聊聊打造湘东国家现代农业产业园的事，我同学虽然都已经退休，但他们在昭萍各方面都有些影响力。

我的想法是，不仅要端牢饭碗，且要扎好钱袋。育种，这是要长期奋斗并一直进行的事业；育人，把家乡的农民培养成有技术有抱负的新型农民；育业，以种业为产业，带领大家脱贫致富。

一箭三雕……

第二十章

再看一眼南繁

二〇二一年　十月一日　傅健宽

国庆节前,我跟继良说:"假日你们有特殊的安排吗?"

继良用诧异的目光看着我。因为节假日我从来都没有过特殊的安排,基本上一直在工作,我突然问起这么个问题,他当然有些意外。

儿子看着我,我笑了笑,说:"如果没什么重要的安排,你开车,带上小玉,我们出去走走?"

小玉听了我的话,喜笑颜开,他当然以为要去什么景区,小玉最喜欢去的就是海边,南繁周边都是大海。

儿子却往那张海南地图上瞟。

从一开始，我们在基地和老家就都挂有地图，这是父亲一直以来的习惯，也许他们从战争年代走来，对地理位置、地形地貌什么的格外关注和敏感。那个年代，父亲那批战友家里，地图似乎是他们的标配。整面墙上挂有世界地图、中国地图，省、市地图是必不可少的。

家里，四大张地图很醒目地挂在墙上。我似乎一直受父亲的影响，也习惯看地图，所以，尽管现在网络十分发达，但我还是习惯看地图，家里依然挂着那几张地图。

"我想看看南繁，能走多远走多远。"我对儿子说。

儿子没吭声，我猜想他一点儿也不吃惊，我知道现在的南繁早就今非昔比了，南繁已经有六十多年的历史了，过去零星的各自为阵的育种室和简陋的民房，还有补丁样的种苗田，现在已经连成了一片。

儿子在那张地图上用指头比画了一下，我知道他比画的是北纬十八度线以南那片地方，纵横三亚、陵水、乐东一市两县，多大一片地方呀！

我说："走走看看，也算是过节。"

继良说："爸，今天是你的生日。"

我说："那就是呀，我想过个别样的生日。"

小玉说了声："爷爷生日快乐！"

二〇二一年　十月一日　傅继良

我知道这不是我爸别出心裁，想过个不同寻常的国庆或者生日，而是他牵挂着南繁，心系南繁，毕竟南繁与他相濡以沫、荣辱与共。

儿子傅庄玉以优异的成绩考上了大学，他选择了爷爷的专业——作物遗传育种专业，当然也报的是这个专业最好的大学——中国农业大学。我也知道我爸有很多话要对孙子说，但他似乎被喜悦掩盖，竟然沉默着。我也在想，我爸想跟他孙子所表达的一切，也尽在这次出行中了。

我爸这种刻意的安排，他一定已经深思熟虑很久。

我没有开我那辆越野车，我租了一辆七座的商务车。我爸看了我一眼，我的意思他很快明白了，我是想带一家人按他的意思度过这个假期。是的，基地有辆商务车，但我没用，这是我爸的"德性"，从爷爷那继承过来的。他从我爷爷那继承了许多东西，比如对公家的财物秋毫无犯、凡事先想到国家和大家等许多好传统。所以，我特别注重小节，公家的车不用，特意租了辆车。我爸看了，没说什么，他心里一定很满意。

我、我爸、我妈、雨诗和儿子，还有另外两个年轻人是我姑姑的孙子和孙女，也就是我两个堂哥的孩子，他们叫我叔公。他们一直由我爸带着，在南繁也算是技术骨干了。

我载着一家人从基地出发往西，先到了乐东九所一带，然

后沿着西线高速走了一段，在莺歌海待了几小时，这地名很有诗意，自古以来就是片盐场。这里的海岸线很有特色，滞留于此是为了满足小玉看海的愿望，说实在的，这么些年来虽一直在海南，但连我都很少关注和欣赏过大海。

后来，我们沿着海岸走了一段，就开始由西往东行进，这里就是北纬十八度十公里左右的地方，我们把它当作一条中轴线由西往东行驶，那一大片都叫作南繁。

这里是中国农业作物的育种基地，中国大部分的主要农作物在这里都能看到，应该说是中国最大的"农作物植物园"。我知道具体的数据，南繁育制种面积保持在二十万亩以上，其中科研育种面积就高达四万多亩。其中的农作物林林总总五花八门，有水稻、玉米、大豆、高粱等粮食作物，还有油菜、棉花、麻类、瓜菜、烟草、向日葵、木薯、牧草、林木、花卉、中草药等经济作物数十种之多。

虽然我们穿越的是一段物理距离，但在父亲的记忆里，穿越的一定是一段历史。

这片叫南繁的地方，从二十世纪五十年代开始，成了全国育种圣地。有数据统计，每年有来自全国近三十个省份超过七百家"育、繁、推"相关单位、上万名科技人员从天南海北来到南繁工作。累计超过两万多个主要农作物新品种通过南繁加代、繁育，占到全国培育新品种的七成以上。

父亲让我开车，虽然有的只是走马观花，但几乎遍访了几十种农作物的育种田，父亲对那些地方如数家珍。今年的国庆长假，是父亲难得的一次出游，其实，那是他对南繁的一次检阅，是他最大的乐趣，虽然他从事的只是水稻育种，而南繁是中国种业的基地，农作物品种繁多，他与那些专家都很熟悉。

父亲眉开眼笑，他一直沉浸在喜悦之中。在我的印象中，他从来没这么放松过，感觉他的笑是突然从岩缝里迸出来的，从来没这么灿烂，像金秋里的暖阳。人常说春风拂面，我觉得春风是从父亲的脸上、眼里涌出来的，往四下里溢去，让整个世界都显出喜悦。

他在那片稻种田里站了很久，我们没去打扰他。毕竟，他们那代人从二十世纪七十年代开始就在这片土地上进行杂交水稻优良品种的培育，酸甜苦辣，只有他们这些亲历者才能够体会，当然成就和荣誉也只有他们能充分感受到。

看着父亲的背影，我突然涌上千言万语，有很多很多的话想说，我当然没有说，那时候，小玉也静静地站在那，大家都安静地站在那，沉入思考或者想象中。这时，风似乎也停了，椰子、槟榔，其他一切热带植物在周边都寂穆静立，整个世界都笼罩着静寂，好像要把一切让出来，让这一家三代内心的情绪和思潮在这片土地上拱涌奔腾。

父亲一定在想一粒种子，六十多年前，第一粒种子落土后的情形。

父亲曾跟我说，在我很小的时候，爷爷就跟我说，一粒种

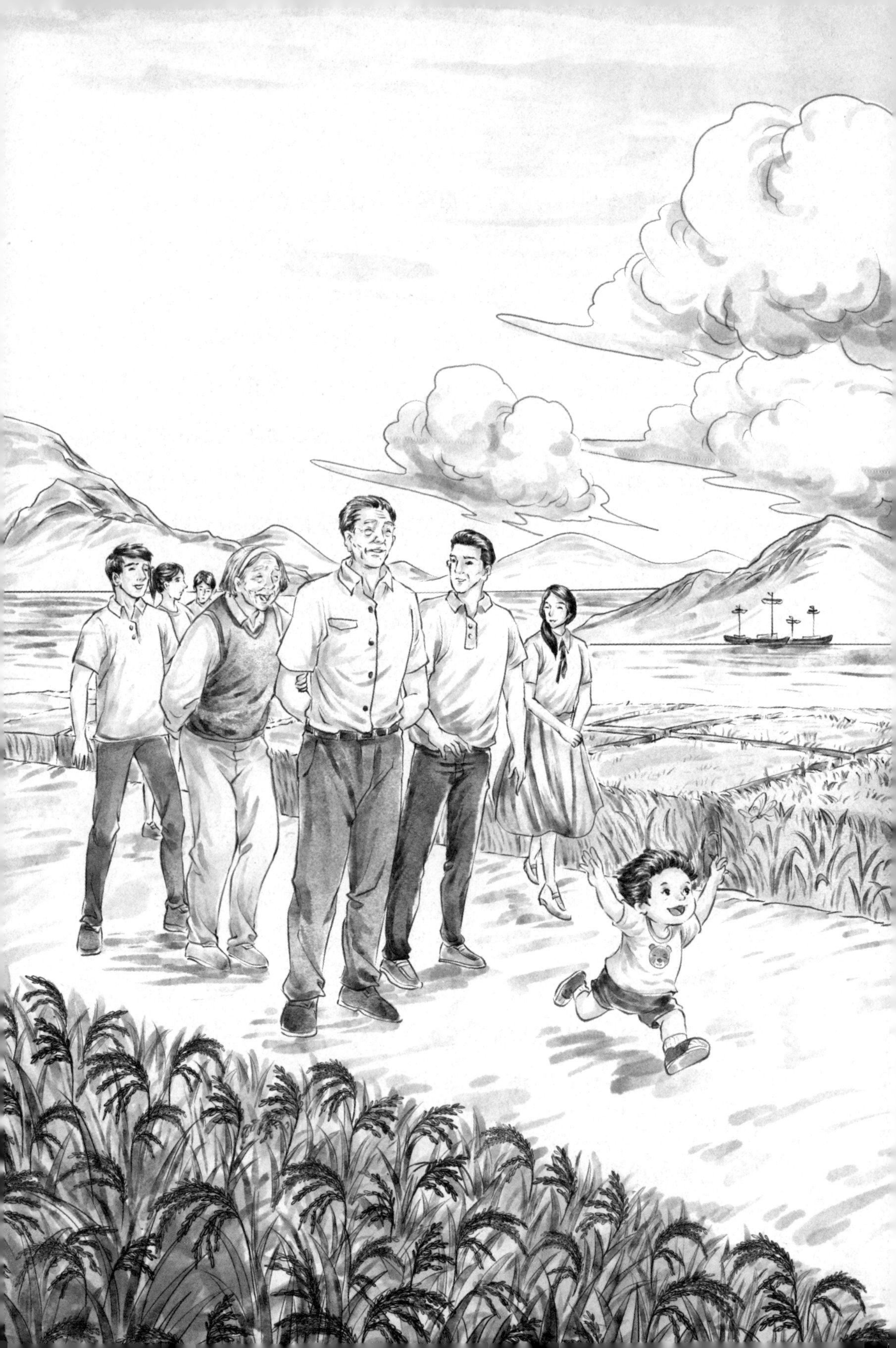

子将撑起一片天，我的爸爸是一粒种子，我也要做一粒那样的种子。如今，我看见了那粒种子，它在我面前萌芽生根，长出叶片，环着绕着，成为一只硕大的碗。

我也看见了那棵树。

我想，父亲眼前也一定有那棵树，父亲跟我说，他曾梦见自己在禾树下乘凉，现在梦想渐成真。

父亲还可能在想象那粒种子，他曾说，一粒种子可以撬动贫困的顽石，一粒种子可以撬动乡村的振兴。

我也知道那个数据。父亲在老家一直以来扶持或者说培养的育种产业，现在已经渐成规模，成为当地的支柱产业。坪下周边的几个乡镇甚至整个昭萍，已经有数万人加入了这支产业大军。我们脚下这片土地，昭萍人水稻制种每年的生产面积在十五万亩左右，占整个南繁制种面积的百分之九十五以上。在昭萍当地，制种面积也有数万亩之多，并在其他地区扩展，形成了"本地、南繁、外埠"三位一体的制种格局。昭萍的水稻种业规模迅速扩大，总量成倍增加，成为享誉全国的"杂交水稻制种之乡"。

父亲也许还想着别的，他刻意安排的这个国庆长假，是别出心裁，也是用心良苦。

父亲带着傅家三代人进行了一场检阅，无声地告诉我们很多很多。这也是对儿子无声的嘱托。他寄望儿子能承前启后，继往开来。

我很明白父亲的用意，傅庄玉一定也十分清楚。这个叫南繁的地方，还有更多更繁重的工作要做，需要更多的种子生根发芽，更希望这些种子能培育出更多的种子。

这个地方叫南繁，我们傅家几代人，和来自全国各地的无数热血青年几十年来献身于这片土地。从孟德尔建立经典遗传学至今，一百五十多年的时间，人类在作物育种中取得的进步，远超过去一万年的总和。南繁人六十多年来在作物育种方面作出了不可磨灭的伟大贡献，将载入史册。

在今天，随着生物技术的发展，科学家们育种的水平越来越高，产量、抗逆性、品质和口感快速进步，实现了农业历史上难以企及的目标。

南繁的昨天，一代人已经用一粒种子托起了中国人的饭碗，相信我们的后代将会用一粒粒种子改变世界。

我知道这些父亲想说的话，但他一直没说。后来，父亲挥了挥手，说了两个字："走吧！"

汽车继续往前行驶。

阳光很好，风也很好，面前的那条路很宽阔……

图书在版编目（CIP）数据

南繁种子梦 / 张品成著. -- 济南：济南出版社，
2024.7. -- ISBN 978-7-5488-6523-0

Ⅰ. I247.5

中国国家版本馆CIP数据核字第2024WZ3182号

南繁种子梦
NANFAN ZHONGZI MENG

张品成　著

出 版 人　谢金岭
出版统筹　李　岩
责任编辑　蓝双秀　任旭东　孟凡彩
内文插图　采采设计室
装帧设计　张　金

出版发行　济南出版社
地　　址　山东省济南市二环南路1号（250002）
总 编 室　0531-86131715
邮　　箱　35046852@qq.com
印 刷 者　济南新先锋彩印有限公司
版　　次　2024年7月第1版
印　　次　2024年7月第1次印刷
开　　本　165 mm×230 mm　1/16
印　　张　14
字　　数　145千字
印　　数　1—10 000册
书　　号　ISBN 978-7-5488-6523-0
定　　价　38.00元

如有印装质量问题，请与出版社出版部联系调换
电话：0531-86131736

版权所有　盗版必究